Bernadette Heiligers

Schutkleur

In De Knipscheer

Met dank aan:
Chila Bolivar, Frans Heiligers, Mila Palm,
Jos de Roo, Eunice Saleh

Schutkleur. Roman

Foto auteur Frans Heiligers
Vormgeving Anders Kilian
Eerste uitgave 2015
In de Knipscheer, Postbus 6107, 2001 HC Haarlem
WWW.INDEKNIPSCHEER.COM
INDEKNIPSCHEER@PLANET.NL

ISBN 978 90 6265 893 0 NUR 301

Inhoud

Deel 1

Een

Of ik een vriendenboek voor Harold wil schrijven. Liefst zo gauw mogelijk, want hij gaat binnenkort met pensioen.

Gerda doet niet aan vraagtekens. Ze gooit onze vochtige handdoeken met een kloeke zwaai in de kofferbak en kijkt me met half toegeknepen ogen aan. In de late namiddaggloed glimmen haar sproeten als koperen speldenknoppen op haar verbrande huid. Ik hap in een dikke schijf watermeloen om wat seconden weg te kauwen. Het sap trekt een plakkerig spoor naar mijn hals waar het een fondant vormt met het zand, zout en zweet van een dagje strand. In de verte zie ik hoe de deining een aspirant-surfer van de plank kiepert zodat hij duikelend wordt meegesleurd. Precies wat er met mij zou gebeuren als ik mijn neef Harold te ver in mijn hoofd toelaat.

Gerda kijkt snel om zich heen voordat ze haar natte badpak uittrekt en doodgemoedereerd voorover bukt om in haar badtas naar droog goed te graaien. De openstaande klep van de achterbak en de heg van zeedruiven tussen het strand en de provisorische parkeerplaats, bieden wat haar betreft genoeg beschutting. Ik zeg er niets meer van. Door haar Hollandse bril gezien is mijn zogenaamde preutsheid hilarisch.

De auto slingert over het uitgesleten zandweggetje als we eindelijk van Lagun-baai wegrijden. Tussen de stekelige begroeiing in de berm staan twee jongetjes levende leguanen te verkopen, de pootjes vastgebonden op de rug.

'Ik heb er al met de rest van de familie over gepraat,' zegt ze voordat ik een smoes uitbreng. 'Ze vinden allemaal dat jij het moet doen.'

Ik klim naar het vaste plekje in de brede kruin van mijn denkbeeldige indjuboom om niet verstrikt te raken in vervelende herinneringen. Ze bedoelen het vast goed, spreek ik mezelf toe. Opvattingen kunnen nu eenmaal veranderen, al dan niet van harte. Steeds meer families halen hun lijken uit de kast om te tonen dat ze trots zijn op hun inheemse afkomst. Door mijn teint was ik zelf zo'n lijk. Nu kiezen ze mij om voor Harold een vriendenboek te schrijven. Wie weet is het een subtiel bedoeld gebaar dat ik voortaan in de vitrinekast mag plaatsnemen. Het feit dat ik naast mijn werk als docent ook te maken heb met de schoolkrant, maakt de keuze min of meer plausibel.

Het is de vraag of Gerda wist hoe de verhoudingen lagen toen ze veertig jaar geleden als nieuwkomer in onze familie kwam. 'De Serapio-stam,' zei ze lachend als ze onze voornamen in het begin weer door elkaar haalde. In Nijmegen had Harold mij nooit aan haar voorgesteld, hoewel mijn studentenflat op een steenworp afstand van hun appartement lag. Maar hier op Curaçao, in het huis van mijn ouders waar hij ook was opgegroeid, kon Harold moeilijk om me heen.

Ik was met vakantie op het eiland toen hij Gerda voor het eerst aan de familie introduceerde. 'Ik ga mee,' zei ik toen mijn vader en tante Elba op het punt stonden om het pasgetrouwde stel van Hato Airport te gaan halen. Tante Elba, Harolds moeder, klemde haar handtas tegen zich aan en liep met vlugge pasjes naar de auto. Het kordate getik van haar naaldhakken op onze groen gevlamde tegels verried dat het voor haar niet hoefde.

Tante Elba was mijn vaders zus. Net als mijn vader had ze licht uitpuilende, uitstaande ogen die van haar spichtige gezicht dreigden af te rollen. Er was een tijd dat zij op het vliegveld met een kanten zakdoek stond te wapperen zodra zij Harold in een lange sliert passagiers op het platform bespeurde. Meestal zwaaide Harold voor zijn doen joviaal terug en tilde hij zijn moeder even later plagend van de grond. Maar nu kwam hij terug met een Hollandse bruid. Het was in Nederland nog niet gebruikelijk om elkaar luidruchtig om de hals te vliegen. Dus vroeg Harold van tevoren om die niet-westerse heisa achterwege te laten, want de eerste indruk was belangrijk.

Op het vliegveld zag ik dat mijn vaders adamsappel weer overuren maakte. Tante Elba inspecteerde haar strakke haarknotje snel in de spiegel van haar verzilverde poederdoos. Daar waren ze.

'Het is hier heel anders dan ik had gedacht,' zei Gerda op weg naar ons huis. Harold zat naast mijn vader op de voorbank van de oude Ford. De hele tijd had hij met een stroperige glimlach naar het gebabbel van zijn bruid geluisterd. Nu draaide hij zich ongerust naar haar om.

Ik was vergeten hoe onwaarschijnlijk lang zijn wimpers waren. Van dichtbij kon je aan de uitgroei zien dat hij nog steeds overtollige haartjes uit zijn wenkbrauwen trok. Alles wat stug was of krulde, was voor Harold overtollig.

Gerda schoof naar voren en steunde haar hoge voorhoofd tegen de stoelleuning van haar man. Onder haar minuscule rokje staken twee lange, stevige benen uit waarop de eerste muggen al geland waren om zich aan vers bloed te laven. 'Ik had palmbomen verwacht,' zei ze, 'en riviertjes en watervalletjes. Meer tropisch. Het is hier... droog.'

Ik vond het jammer dat Papai niet over de Julianabrug was gegaan. Er is geen mooiere eerste indruk dan vanaf de steile brug boven de Sint Annabaai. We namen echter de kortste weg naar huis via rommelige lintwegen waar huizen, kantoren en winkels je aanspoorden om door te rijden.

De verdere rit zat Gerda met haar hoofd half uit het open raam. Harold leunde achterover en keek in de zijspiegel naar de fladderende haren van zijn blonde trofee.

'Wat leuk!' riep ze toen we twintig minuten later voor ons vierkante, gele huis stopten.

Het was een doorsnee Curaçaose woning uit de tijd dat er nog geen airco's waren, met aan de windzijde drie kleine slaapkamers die direct aan de woonkamer grensden.

'Enig, zo'n stuk grond om het huis.'

Harold glimlachte opgelucht en liet zijn blik onopvallend over het erf glijden. Als hij zich al afvroeg waar we de rommel hadden gelaten die altijd onder het keukenraam slingerde, liet hij dat in elk geval niet merken. Terwijl hij mijn vader met de koffers hielp, stapte Gerda met een onderzoekende blik op het grind. 'Geen gras, hè?' zei ze langs het huis naar achteren lopend. We hoopten dat de tuin niet een al te armzalige indruk wekte nu de hibiscusstruiken amechtig om water smeekten.

Ik vroeg me af wat mijn neef haar van vroeger had verteld. Wist Gerda hoe opeengepakt wij hier woonden nadat Harold en zijn moeder bij ons introkken? Hoe Harold mijn ouders, *Mamai* en *Papai*, om zijn vingers wist te winden? Of dat hij ieder van mijn broers en zussen een zelfverzonnen bijnaam gaf? 'Hoe moet ik ze anders uit elkaar houden?' verzuchtte hij quasidramatisch toen Mamai daar iets van zei.

Mijn zussen Norma en Renata, een twee-eiige tweeling, werden *Tire* en *Wire*. Norma is altijd dik geweest. Als kind had ze zulke bolle wangen dat er nauwelijks plaats was voor haar mond en ogen. Harold vond haar vetrollen precies op autobanden lijken. Ze werd Tire. Renata, alias Wire, was vernoemd naar het ijzerdraad waarmee zij de mooiste sieraden maakte, liefst in tinten die bij haar grote, grijsgroene ogen pasten.

Mijn broer Roy werd *Dandy Boy*, wat in feite niet zo gek was. Hij spaarde oude krantenfoto's van John Kennedy en boende zijn gezicht met honing en limoen om er net zo stralend uit te zien. Tot Harold erbij kwam, was Roy met zijn royale glimlach de knapste om te zien. Dan is er nog Edwin, mijn andere broer, een boom van een vent en net zo goedig als Papai. Als tiener ontweek hij mensen om niet te zien hoe ze op zijn puisten reageerden. Wat Harold voor Edwin had verzonnen, zijn we nooit te weten gekomen. Niemand had voorzien dat Edwin onze neef in elkaar zou slaan voordat die zijn spotnaam een tweede keer kon uitspreken.

Voor mij was er geen bijnaam. Ik was gewoon Corine. Behalve dat ik de jongste ben, is mijn bruine huidskleur mijn opvallendste eigenschap. Dat is, of wás in elk geval, een doorn in het oog van mijn familie. Zelfs Harold durfde daar niet mee te spotten. Althans, niet in het bijzijn van mijn ouders.

Gerda liep met opgeheven ellebogen terug om haar drijfnatte oksels af te laten koelen in de schaduw van de *wayaká*. Ik vroeg me af of ze bij de waslijn was geweest waar onderbroeken als hangmatten hingen die Mamai's achtersteven moesten herbergen. Ondanks de hitte, waardoor zich rode vlekjes op haar slanke hals aftekenden, genoot ze zichtbaar van de nieuwe indrukken.

Breed lachend liep Mamai de veranda af om Harold en zijn vrouw in haar armen te drukken. 'Kom bij me, jongen. Wat zie ik? Ben je weer gegroeid?'

'Dag tante, hoe maakt u het?'

'Ai, zozo. Moet ik een ladder halen om je te omhelzen? Vertel. Hebben jullie een fijne reis gehad?'

'Een hele fijne reis, dank u.'

Vanaf de veranda keken mijn broers geamuseerd naar het vormelijke gedoe van hun jongere neef.

'Getrouwd en nog steeds niet ontdooid,' grinnikte Roy.

'Beetje rustig, oké?' bromde Edwin. 'Ze zijn er nog maar net.'

'Nou en? Moet je zien hoe harkerig hij Mamai groet.'

'Kop dicht, Roy! Ze zijn niet doof.'

Niemand lette echter op Roy. Harold wenkte zijn vrouw om kennis te komen maken, waarop Mamai verrukte kreetjes slaakte.

'Geertruida', stelde Gerda zich voor en ze stak haar hand recht voor zich uit. Mamai liet haar gespreide armen zakken en schudde beduusd haar hand.

'Welkom Geertruida,' stamelde ze. 'Ik ben tante Zoyla. Kom binnen, kom binnen.'

Gerda nam Mamai aandachtig op. '*Tante* Zoyla? Maar u bent mijn tante toch niet?' Vertederd boog ze door haar knieën om onze hond een knuffel te geven en zich lachend in het gezicht te laten likken. Tevergeefs probeerde Mamai het misnoegen te onderdrukken dat haar mondhoeken naar beneden trok. Roy en Edwin kwamen niet meer bij.

Mijn broers en zussen woonden al lang en breed op zichzelf. Vaak wipten ze na werktijd kort bij mijn ouders binnen voor een glas ijskoude *horchata* op het overdekte plaatsje achter het huis. Die dag waren we de hele morgen met zijn allen in de weer geweest om het ouderlijk huis op orde te brengen.

'Jullie trekken wel iets netters aan voordat ze komen, hè?' zei mijn moeder.

'Doe normaal, Mamai,' bitste Norma. 'Het is geen koningspaar.'

Toch deden we alles wat ze vroeg zodat de familie Serapio op een ontwikkeld, westers gezin zou lijken. Aan instructies had het niet ontbroken. Lang voordat zijn bruid voet op Curaçaose bodem had gezet, begon Harold voor te schrijven wat we moesten doen of laten om geen derdewereldindruk te wekken. 'Als je niet wilt dat mensen op je neerkijken, moet je er wat voor overhebben,' redeneerde hij.

Tante Elba, onze zelfbenoemde schutspatroon van mondaine smaak en hoffelijkheid, gaf daar een eigen draai aan. Ze zei dat Harold nu eenmaal aan decorum hechtte. Daarin gaf ze haar zoon groot gelijk. 'Niemand speelt graag met een halflege bal,' wist ze uit ervaring. Wie weet liet zij zich daarom voorstaan op haar ingebeelde afkomst en opgepompte jeugdherinneringen.

Tante Elba en Harold woonden eerst bij *Gran* in huis. Gran was de moeder van tante Elba en Papai. Bij Gran genoten tante Elba en Harold van het restje comfort dat aan vergane glorie kleefde. Het huis werd bij elkaar gehouden door plakkerige spinnenwebben die in alle naden, hoeken en gaten krioelden. Het enige wat recht overeind stond, was de prachtige mahoniehouten tafel waar het eten iedere dag in sierlijke serviesschalen werd opgediend.

Tante Elba vond het vreselijk dat Gran haar grote huis verkocht en noodgedwongen klein ging wonen. Als mijn vader haar niet met kind en al in huis had opgenomen, was ze op straat terechtgekomen. Zo belandden zij en Harold aan onze gele keukentafel met het losgeraakte formica blad, waar wij moesten vechten om een plekje te bemachtigen. 'God helpe ons, mijn jongen,' placht ze te verzuchten. Wij mochten niet vergeten dat het haar bij ons te min was.

Het was Roy die altijd repliceerde dat wij allemaal om de tafel pasten voordat zij en Harold bij ons introkken. Wanneer hij dat zei, leunde hij alvast voorover zodat Mamai hem voor de vorm een pets in zijn gezicht kon geven.

Tante Elba schreef Harolds voorschriften op in een schriftje en hield goed in de gaten of wij die wel opvolgden.

'Die rollen in je haar... denk maar niet dat je straks zo kunt rondlopen,' maande ze Mamai. 'In Nederland gebruiken ze die alleen om er krullen mee te maken.'

'Awel hier niet!' sputterde Mamai. 'Hoe hou ik mijn haar anders de hele dag in bedwang, hè?'

Mijn zussen stortten zich ook in de discussie over de omslag die van ons verwacht werd.

'Belachelijk!' protesteerde Norma. '*Pan franses* met vork en mes? Dat smaakt niet.'

'Dan halen we voorgesneden brood,' zei tante Elba. 'Die dikke puntbroden zijn toch niet goed voor jouw figuur. In Europa is zo'n derrière vreselijk ordinair.'

'Zeg dan iets, Papai,' siste Renata.

Maar mijn vader krabde slechts aan een van zijn bloemkooloren en maakte zijn bovenste knoopje los om zijn adamsappel vrij baan te geven. Papai is een lieverd. Maar dat is dan ook het enige dat ie is.

Alleen Django was in het begin enthousiast over de nieuwe regels in huize Serapio. Zoals de meeste honden hier, bivakkeerde hij dag en nacht in de tuin. Wanneer de hitte hem te veel werd, ging Django tussen het onkruid in de aarde wroeten totdat hij een koel plekje vond.

Enkele weken voor hun komst had tante Elba nietsvermoedend een foto naar het paar gestuurd van de doezelende hond in zijn kuil. Gerda bestookte de arme Harold met vragen over de leefomstandigheden van Django. Gezien de urgentie van de zaak rapporteerde Harold per telefoon.

'Een hond is een huisgenoot, tante Zoyla. Je kunt hem niet dag en nacht buiten laten. In Nederland wonen ze gewoon in huis. Alleen hun behoefte doen ze buiten.'

Mamai drukte haar vuist tegen haar mond om niet in lachen uit te barsten.

'O, uhm, vegen ze hun billen ook af? Of doen ze dat aan de bekleding van de bank?'

'Serieus, tante. De manier waarop mensen met dieren omgaan, zegt iets over hun beschaving. Wat moet Gerda wel niet van ons denken?'

Die avond werd Django toegevoegd aan het lijstje dringende zaken die nog geregeld moesten worden voordat wij voor een beschaafde familie konden doorgaan. Zonder uitstel begonnen we hem voor te bereiden op zijn nieuwe rol als huisgenoot.

Het dier stoof door het huis zoals hij in de tuin op hagedissen joeg. Hij vrat stukken uit de bekleding van de bank en kauwde op de mahoniehouten poten van Mamai's antieke kast. Enkele dagen voor de komst van het echtpaar sprong hij door de ruit van de voordeur voor een afspraak met de teef van de buren.

In het begin spraken wij gniffelend over de 'import van asperges' wanneer jongens als Harold na hun studie met een Hollandse bruid naar Curaçao terugkwamen. We vroegen ons af wat er in hen omging als ze zo'n stengel tegen zich aan drukten en van voren noch van achteren de welvingen aantroffen die ze bij ons gewend waren. We vermaakten ons met het idee dat de fysieke eigenschappen van een mens wel eens een afspiegeling konden zijn van die van het land van herkomst. Hadden we op school niet geleerd dat het Nederlandse landschap vlak was?

Ondanks onze branie waren we de eerste tijd toch wat beschroomd in Gerda's bijzijn. Ze was vlot en brutaal, wat wij knap en spannend vonden, behalve wanneer we zelf het onderwerp van haar snedige commentaren waren. Op de tachtigste verjaardag van Gran waren wij zoals altijd urenlang in de weer met optutten. Renata bracht een tas vol kleurrijke sieraden en sjaaltjes mee om combinaties uit te proberen met haar enkellange rok van dun katoen en broderie. Norma zat op de grond onze nagels te doen en ik zorgde voor attributen zoals haardrogers, borstels, naald en draad, en wat we ook maar nodig hadden.

Gerda keek haar ogen uit. 'Gut, zeg, moet dat echt? Het feest is toch hier in de achtertuin?'

'Ja, belachelijk hè?' slijmde Renata. 'Maar we doen het voor Gran. Ze zegt dat haar kleinkinderen de cijfers op haar diploma zijn. Voor ons hoeft dit allemaal niet, hoor.'

Quasiverveeld legden we de laatste hand aan onze kapsels, nagels en make-up terwijl Gerda met de armen over elkaar meewarig glimlachend naar de nerveuze drukte keek.

Ik had haar al gezegd dat haar bh-bandjes onder haar mouwloze jurk uit kwamen. Dat was hier een sociale zonde. Iets wat je hooguit bij dienstmeisjes zag als ze, luchtig gekleed, liepen te poetsen. Gerda zat er niet mee. Zij vond dat het kon, dus kon het ook. Anders keek de familie maar de andere kant op.

Die avond sprong ze uitgelaten op de geïmproviseerde dansvloer, druk maaiend met haar armen en benen. 'Heel knap, heel modern,' zei tante Elba met de schrik nog in haar ogen. Ze knikte veelzeggend om duidelijk te maken dat wij hier ver achterliepen bij de mores in Europa.

Roy genoot zichtbaar van de gêne die op Harolds gelaat te lezen stond toen hij zijn vrouw van de dansvloer probeerde te plukken. 'Ai nò, Harold. Je vrouw heeft maar drie nummers gedanst.'

'We gaan net wat drinken, hè Gerda?'

'Ik hoef nog niet, hoor. Straks beland ik tussen je oudtantes op die houten opklapstoeltjes. Waarom zetten jullie zo veel tafels en stoelen neer? Zo ongezellig.'

Roy sloeg een arm om de schouders van zijn neef. 'Weet je wat? Ga jij wat drinken. Ik dans wel even met Gerda. Als ze wil, natuurlijk.' En of Gerda wilde.

Later vertelde Roy verrukt hoe gemakkelijk ze het

ritme had opgepikt. 'Ik zal je een geheim vertellen,' had hij halverwege hun eerste dans in haar oor gefluisterd. 'Je hoeft niet op ieder geluid van elk instrument te bewegen.' Voorzichtig legde hij zijn rechterhand in de holte van haar onderrug. 'Hier. Laat de muziek hier samenkomen. Voel je het ritme? Sh sh, niets zeggen. Als je het voelt, laat het dan binnen. De rest komt vanzelf wel.'

Roy leek in zijn sas toen hij even later naar ons toe slenterde. Zijn glimmende kuif weerkaatste het licht van de kerosinelampen die hij en Edwin speciaal voor het feest in de tamarindeboom hadden opgehangen.

'Komt wel goed,' grijnsde hij. 'Het beetje stijfsel dat ze met de moedermelk heeft meegekregen... je zult zien, dat smelt gauw genoeg. Anders help ik wel een handje.'

'Kijk eens,' zei Edwin. 'Orange juice. Het brengt je weer bij zinnen.' Hij duwde Roy een glas in zijn hand en wilde de rest net uit het pak opslurpen toen Gerda naar onze tafel kwam.

'Ha, lekker. Daar heb ik ook trek in. Hè? Waarom gebruiken jullie zulke grote glazen?'

'Om bij te tanken,' zei Edwin. 'Het is warm. Kijk hoe je zelf transpireert.'

'Doe niet zo raar. Sap hoort niet in zulke emmers!'

Op haar aandringen kocht Mamai kleinere glaasjes voor speciale gelegenheden. Praktisch waren ze niet. Het werd een komen en gaan in onze krappe keuken om ze alsmaar bij te vullen.

Na weken van goedbedoelde adviezen moest het wel tot een botsing komen. We zaten in de auto voor het grote scherm van het Drive In Theater, dat aan het stinkende water van de Nieuwe Haven grensde. Renate had voorgesteld om er een echte *ladies night* van te maken. We waren ruim op tijd. Norma hing de draagbare speaker alvast aan het autoraampje en deed de rugleuning van de voorbank iets naar achteren. In de auto naast ons had een jong stel zich aan elkaar vastgezogen voordat ze de motor goed en wel hadden afgezet. Hier en daar zaten mensen half liggend op de motorkap naar de sterren te kijken.

Voor de film begon, haalden mijn zussen en ik ons hart op aan kippenpoten met patat.

'Nou nou nou,' zei Gerda. 'In Nederland nemen we ook wel een versnapering voor de film, maar dat bunkeren hier... bespottelijk!'

Norma hield het niet meer. '*Mi Dios*,' schreeuwde ze. 'Zijn wij apen in een reservaat? Moet je ons de hele dag door observeren?'

'Jezus, Norma,' schrok Gerda. 'Wat heb je?'

'Wat ík heb? Waarom ik? Waarom niet jij?'

'Kunnen we normaal praten zonder al die eh... emoties?'

'We zijn volwassen mensen onder elkaar, Gerda,' kwam Renata sussend tussenbeide. 'Het is vervelend om steeds tekst en uitleg te moeten geven over wat we doen of laten.'

'Ik mag toch wat vragen?'

'Jawel. Maar niet als je in iedere vraag een oordeel legt.'

Norma deed haar best om haar trillende kin onder controle te krijgen.

'Vroeger was het ook nooit goed,' zei ze. 'We moesten in de Heilige Geest geloven, maar onze *zumbi* was primitief. De wals was mooi, onze *tumba* was ordinair. Nu loop jij hier alles te keuren. "Dit is goed. Dat is stom. Dit is absurd. Dat is ouderwets." Houdt het nooit op?'

Daar ging onze avond. Zelfs de voorfilm wilde maar niet beginnen om de spanning uit de lucht te halen.

'Hm,' probeerde Renata, '*One Flew Over the Cuckoo's Nest*. Ik vraag me af wat dat betekent.' Maar niemand hapte toe. Norma bleef nukkig voor zich uit kijken. Gerda zweeg. Ik stapte laf weg om iets te drinken te halen.

‘Die Norma!’ zei Gerda de volgende dag. ‘Gênant hoor, zoals ze zich liet gaan!’

Harold was net met zijn nieuwe baan begonnen en ik was met Gerda mee om tweedehandsmeubels voor hun huurhuis te kopen. Er was geen slechter moment om op het gebeuren terug te komen. We stonden op het kruispunt van Santa Maria waar auto’s kriskras voor ons uit schoten. De verkeerslichten deden het niet en Gerda kleefde aan de auto voor ons om op hoop van zegen door de verkeersknoedel heen te komen.

‘Het zal allemaal wel,’ vervolgde ze. ‘Liever die uitbarsting van Norma dan de overdreven maniertjes van mijn schoonmoeder. Mijn hemel! Zit er niets anders in dat porseleinen hoofd van Elba?’

Zelfs als buitenbeentje van de familie aarzelde ik om tegenover haar daarop in te gaan. De verdere ochtend liepen we in en uit bij mensen die hun spullen ‘wegens overcompleet’ in de krant te koop aanboden. We kwamen in kasten van huizen met privézwembaden en in verwaarloosde woningen die tussen verroeste ijskasten en autokarkassen op een rommelig erf stonden.

Nu zou Gerda er niet mee wegkomen, maar in die tijd zwegen de meeste mensen beleefd als ze hen erop aansprak dat hun rommel de straat ontsierde. Hooguit mompelde er iemand dat je de boel niet zomaar weggooide zolang je de onderdelen nog kon gebruiken. 'Ja, sorry hoor,' zei ze als we weer naar de auto liepen. 'Ik móést er wat van zeggen want dat kon echt niet!'

Het duurde even, maar we groeiden toch naar elkaar toe. Gek genoeg was ik minder op mezelf teruggeworpen sinds zij haar entree in de familie maakte. Gerda was direct, op het schofferende af. Minder verfijnd dan het ideaalbeeld van de Hollanders dat ons op school werd voorgehouden en waarmee Harold zich hijgerig vereenzelvigde. Ze was ook opgewekt en belangstellend en liet zich niet zomaar beteugelen door wat ze oudbakken ideeën noemde. Mijn neef was een ander verhaal. Die zag het allemaal mokkend aan, zette de familierelaties op een laag pitje en dreef steeds verder van ons af, van mij nog het meest. Dat kon ik als kind al zien aankomen.

Wanneer wij ons vroeger klaarmaakten om naar de kerk te gaan, verzuchtte tante Elba hoe jammer het was dat Papai en Mamai zich niet hadden kunnen beheersen. Als ze het bij vier kinderen hadden gelaten, was er niets aan de hand geweest. Maar ík kwam als nummer vijf met restanten uit de erfenis van mijn moeders voorouders, zoals neusvleugels die op echte vleugels leken en een huidskleur die veel te donker was om door te kunnen gaan voor wit. En dat terwijl de witte eindstreep voor Papai's familie al in zicht was.

'Ik doe Corine wel,' bood tante Elba 's zondagsmorgens aan als Mamai ons bij het aankleden hielp. Zodra mijn moeder zich terugtrok, begon tante aan mijn neus te trekken. Eerst vijf keer zachtjes, om het neusbeen soepel te maken, daarna harder, waarbij ze steeds langzamer tot tien telde.

Soms schreeuwde ik het uit om het spektakel uit te lokken dat er volgde als mijn moeder aan kwam rennen. Wat Mamai en tante Elba tegen elkaar riepen, begreep ik niet helemaal. Maar er was iets mis met mij en dat was volgens tante Elba de schuld van Mamai.

De ruzie eindigde altijd met een compromis. Tante Elba liet mijn neus los en Mamai stemde ermee in om een doorzichtig haarnetje om mijn stroeve haar te doen. Ik had een hekel aan dat netje, maar het was een goede oplossing. Mijn haar was immers te kort voor een vlecht en een afrokapsel was vijftig jaar geleden onbespreekbaar. Dankzij het netje hoefde niemand bang te zijn dat mijn krullen recht overeind gingen staan. Geen urenlange sessies meer om ze met een hete tang eruit te strijken. En ik hoefde niet meer te zien hoe Harold me dan uitlachte. Al heeft hij dat nooit meer gedaan sinds ik had geroepen dat ik het aan zijn vader zou vertellen als hij er een had gehad.

TWEE

Voor de buitenwereld was het vanzelfsprekend dat tante Elba met haar zoon bij ons introk nadat Gran het ouderlijk huis had moeten verkopen. Bij haar oudste broer, heette het officieel. Dat Papai een vrouw en vijf kinderen had, mocht vijftig jaar geleden geen belemmering zijn. Wat zouden de mensen zeggen als een man met een vaste baan en een eigen huis zijn jongere zus met een kind op straat liet staan?

Even deed Mamai een poging om er een stokje voor te steken, maar dat werd haar door Papai's familie niet in dank afgenomen. Zij en tante Elba waren schoolvriendinnen geweest totdat de laatste zich alleen nog bezighield met wat mijn moeder 'meisjesdingen' noemde. Vanaf de bovenverdieping van de Wilhelminaschool maakte tante Elba stiekem contact met de jongens van de aangrenzende Hendrikschool. Die wierpen kleine vruchtjes van de *karawara spañó* in haar richting ten teken dat ze haar leuk vonden. Hoe tante Elba dat allemaal voor elkaar kreeg, was een wonder. Tussen de twee scholen lag een stukje niemandsland met daarop een scheidingsmuur die de docenten streng bewaakten. Steeds vaker delegeerde tante Elba haar huiswerk aan mijn moeder. Mamai had er de pest in maar greep de kans om bij de familie Serapio over de vloer te komen.

In Mamai's ogen leefden de Serapio's als vorsten. Tante Elba en Papai hoefden als kind geen matje uit te rollen om op een houten vloer te slapen waar de kakkerlakken tussen de spleten kropen. Wanneer ze om drie uur uit school kwamen, dronken ze met Gran zoete koffie met kaneel uit porseleinen kopjes.

Gran zat altijd op het uiterste puntje van de veranda zodat de buren konden zien dat zij door de werkster werd bediend. De dagelijkse bezoekjes van mijn moeder bevielen haar helemaal niet. 'Wat heeft die hier te zoeken,' foeterde ze zo luid dat mijn moeder het horen kon. Mamai trok zich er niets van aan en lonkte onder het sommen maken schijnbaar onschuldig naar mijn vader.

Van liefde was er bij Mamai in het begin geen sprake. Ze aasde op Papai, vertelde ze later, om haar toekomstige kinderen te besparen wat haar broer Henry jaren eerder was overkomen. Oom Henry wilde rechter worden, maar rond 1940 was zoiets ondenkbaar.

‘Het spijt me, jongen,’ had frater Justinus na lang dralen verzucht. ‘Wij kunnen de overheid niet adviseren om jou daarvoor een beurs te geven. Je wordt later toch niet in die kringen geaccepteerd.’ Een opleiding tot onderwijzer zou volgens de frater beter bij hem passen. Dat begreep hij hopelijk toch wel?

Oom Henry werd onderwijzer en probeerde het te begrijpen. Aan zijn capaciteiten mankeerde niets. Dus zocht hij het antwoord in de spiegel boven de wasbak waar hij iedere morgen in staarde voordat hij naar zijn werk ging. Hij was een gemiddelde man, niet groot, niet klein, niet dik, niet dun, niet zwart, niet wit, met diepliggende ogen, een royale mond, een krachtige neusbrug en kort gesnoeid, kroezig haar dat als een vilten muts om zijn hoofd gespannen zat.

Na tien jaar ging oom Henry op eigen kosten naar Nederland waar hij al werkend zijn akte geschiedenis haalde. Hij wilde weten hoe de ene mens voor de ander kon bepalen wat hij waard was. Niet dat oom Henry daar achter kwam, maar hij bracht de rest van zijn loopbaan door als content medewerker van de openbare bibliotheek, waar hij ongestoord kon lezen en studeren.

Mamai hield zielsveel van mijn broers en zussen

omdat zij op de familie van mijn vader leken. Voor ieder van hen organiseerde ze fantastische verjaardagsfeestjes met vriendjes en vriendinnetjes die zij zelf selecteerde. Het hielp dat ze zelf schooljuf was en goed wist welke kinderen bij welke ouders hoorden.

De feestjes waren strategisch zo gepland dat de ouders wel moesten uitstappen als ze hun kinderen kwamen ophalen. 'Zo vroeg al? Ai, wat jammer. We gaan de jarige net toezingen. Misschien lust u ook een stukje taart, hè?' Eenmaal binnen, zagen de ouders allemaal bekende gezichten en dachten ze dat onze familie tot de sociale kring van hun kennissen behoorde.

Ik, daarentegen, leek als twee druppels water op *Wela*, de moeder van mijn moeder. Wela woonde aan een drukke hoofdweg, vlak voor de afslag naar ons huis. Op de hoek stond een rommelige supermarkt annex snackbar, die ooit als toko was begonnen en ieder jaar een stukje verder tegen Wela's huisje aan kroop.

Van een afstand zou je niet zeggen dat Wela's lieflijk ogende huisje grotendeels was opgetrokken uit zinken golfplaten en platgeslagen benzineblikken. In de krappe, hete ruimte die voor woonkamer door moest gaan, stonden vier kaarsrechte stoelen tegen de witgeverfde wand.

Vaak bracht ik de middag bij haar door en lag ik mijn huiswerk te maken op de cementen vloer. Wela zat onder een afbeelding van het Heilig Hart en hield mij scherp in de gaten. Ze had zich een slag in de rondte gewerkt om mijn moeder en oom Henry op een goede school te krijgen en was niet van plan om haar kleinkinderen de vrije hand te geven. Wanneer ik klaar was met mijn huiswerk dronken we warme muntthee uit een kom van kalebas en lagen we languit tegen elkaar aan onder het afdakje achter haar huis.

Ik kwam graag bij Wela. Bij haar was ik niet goed of fout en hoefde ik me niet voor mezelf te schamen.

Op de verjaardagen van mijn broers en zussen werd ik direct na school bij Wela geparkeerd. Vlak voor het feest zou beginnen, klom ik op haar tuinhek tussen de rondslingerende 'take out'-bakjes die de klanten van de snackbar na het eten op de grond smeten. Wanneer de feestgangers voorbijkwamen, zwaaide ik uit alle macht en wees ik met mijn andere hand naar de afslag naar ons huis.

'Dring je niet zo op de voorgrond, *dushi*,' mompelde Mamai toen ze dat te weten kwam. Ik had de indruk dat Mamai mij voor de buitenwereld het liefst onzichtbaar wilde maken. Thuis konden we het evenwel goed met elkaar vinden en mocht ik altijd helpen als ze de schriften van haar leerlingen nakeek. Een stempeltje voor een zeven of acht, een plakplaatje voor een negen of tien. Als ze tijd had, gingen we daarna in de schommelstoel zitten en verzonnen we bij elk plaatje een kort verhaal.

Een blinde kon zien dat zij het ook heel goed met Papai kon vinden, hoewel ze hem om oneigenlijke redenen had gestrikt. Het was om Papai dat ze er ten slotte mee instemde dat tante Elba en Harold bij ons in huis kwamen.

Harold was tante Elba's enige kind. Volgens mijn zussen leek hij met zijn licht uitstulpende bovenlip en smalle lichaamsbouw op een koekoeksjong. Zelfs in de vakantie en op feestdagen wist hij alle aandacht op te eisen.

Rond Pasen, als de wind goed strak stond en mijn broer Edwin voor ons allemaal een vlieger maakte, liep Harold om hem heen te klieren.

Turend tussen zijn donkere lokken stalde Edwin al zijn materiaal uit op de eettafel.

'Weet je al welke kleur je wil?' vroeg hij Harold ieder jaar.

'Eh... paars is goed.'

'Daar liggen stiften. Wil je er wat op tekenen?'

'Nuh.'

Edwin vertrouwde het nooit helemaal en duwde zijn bril onder het werken steeds hoger op zijn neus.

'Weet je het zeker? Of wil je er een sticker op doen?'

'Hoefnie.'

Pas als hij al onze vliegers af had, begon Edwin aan een opzienbarende creatie voor hemzelf. Zelfs Roy waagde het niet om zijn kunstwerk aan te raken.

Het spektakel begon altijd als we op het punt stonden om met Papai naar een afgelegen veldje te rijden om de vliegers op te laten. Het eerste jaar zette de toon.

Harold zette het op een janken. Zijn vlieger was niet mooi genoeg. Die van Edwin was veel mooier. Hij wilde die van Edwin hebben. Tranen als knikkers rolden over zijn gezicht. Het huilen werd krijsen en zijn ogen draaiden naar boven weg. Tante Elba viel tegen Edwin uit. 'Zie je nou wat je gedaan hebt?' Edwin keek hoopvol naar Papai, maar die rende naar de keuken om een kan koud water te halen. Mamai gooide water in Harolds gezicht, waarna die weer diep ademhaalde en het volgende couplet inzette.

Schoorvoetend haalde Edwin zijn vlieger tevoorschijn en hij gaf hem aan zijn neef. Op het veldje kreeg Harold het gevaarte amper in de lucht en na enkele pogingen sloeg het tegen de grond kapot.

Even later struinde hij fluitend weg, het weggetje af.

'Wat doe je?' riep Papai.

'Ik ga naar huis,' riep hij terug zonder zelfs maar om te kijken.

Papai keek om beurten naar ons en naar Harold en besloot zijn neefje achterna te lopen.

'Toe, jongen. Blijf toch staan. Vertel me wat er is.'

'Ik heb toch niets meer te doen.'

'Het is te ver lopen,' probeerde Papai.

Harold liep gewoon door. Even later haalden wij onze vliegers onder luid protest weer in en reden we samen terug naar huis.

'Vliegeren is stom,' zei hij toen zijn moeder vroeg hoe het was gegaan.

Toch was ik als nakomer eerst dolblij met mijn inwonende speelkameraadje. Harold was slechts twee jaar ouder dan ik. Voor de spiegel probeerde ik zijn blik na te bootsen door mijn oogleden minutenlang halfdicht te houden. Ik moest steeds harder mijn best doen om tenminste een zweem van zijn minzame glimlach aan hem te ontlokken, zelfs als wij doktertje speelden en hij weer zijn zin kreeg.

'Waarom jij weer,' mokte ik. 'De vorige keer was je ook dokter.'

'Ja, en jij had een ziekte die heel gevaarlijk was en

ik stuurde je naar een specialist.'

'Ga ik dood?'

'Niet als je meteen naar de internist gaat.'

'Wat is dat, een internist?'

'Dat is een dokter die je ook van binnen onderzoekt. Kom maar hier liggen.'

Het onderzoek deed pijn zodat ik begon te huilen. Mamai kwam aanrennen, en gaf mij als enige een pak slaag. De dokter had immers al zijn kleren aan dus het was duidelijk dat ik de viespeuk was. Daar speelde Harold handig op in. Hij droeg de heilige mis op met een tafellaken als kazuifel en nam mij als pastoor de biecht af.

Eigenlijk vond hij alle spelletjes wel best, zolang hij maar de baas kon zijn. Als we schooltje speelden, legde hij mij echte sommen uit en als ik die foutloos maakte, kraste hij een beertje met een kroontjespen diep in mijn arm.

De eerste jaren, voordat hij rond zijn tiende onuitstaanbaar werd, vond ik het niet erg dat wij, de drie zussen, in een slaapkamer van twee bij drie meter werden gepropt zodat Harold en tante Elba de beste kamer konden krijgen. Zelfs Roy en Edwin, die in een aanbouwsel achter de keuken moesten slapen, raakten er op den duur aan gewend. Norma en Renata hadden er wel de pest in en wedijverden om uit gespeelde belangstelling de hatelijkste toespelingen te maken. ‘Kunt u zich geen eigen huis veroorloven, tante Elba?’ ‘Komt het doordat u een ongetrouwde moeder bent?’

Wanneer Harold ons ’s avonds zogenaamd goedenacht kwam zeggen, keek hij op zijn beurt vol minachting naar de rommel. ‘Als ik groot ben ga ik in de politiek en bouw ik een heel groot huis. Dan krijgen al mijn kinderen een eigen slaapkamer.’ Hij beschreef zijn toekomstige paleis in geuren en kleuren en schopte onze rondslingerende tassen en schoenen zo ver mogelijk onder onze bedden.

Ik wist nooit wat ik moest doen in die woordoorlogen. Mijn zussen eisten mijn absolute loyaliteit, maar namen het nooit voor míj op als ik op school in het jaarlijkse kerstspel weer achter op het toneel moest staan.

Renata was Maria omdat de Zusters van Liefde van Schijndel haar sprekend op de moeder van Jezus vonden lijken met haar grote ogen en lang golvend haar. Norma mocht de herders de weg wijzen als een ronde ster in een glinsterend pak.

Om praktische redenen figureerde ik samen met een aantal kinderen ieder jaar als struik. Onze armen leken toch al op bruine takken. Met ons groene schooluniform aan hoefden we alleen onze gezichten achter wat bladeren te verstoppen.

Het viel niet mee om twintig minuten lang met onze armen omhoog te staan. Mijn voorstel om onze takken in de noordoostpassaat te laten bewegen, werd door soeur Gracia echter van de hand gewezen. 'In Bethlehem waait het niet zoals hier,' zei ze gedecideerd. Erika, mijn schoolvriendin en collega-struik, vond dat geen goed argument. 'In Bethlehem spreken ze ook geen Nederlands,' zei ze, 'en dat doen wij in het toneelstuk wél.'

De ochtend na de voorstelling werden zij en ik uit de klas gehaald en voor straf verbannen naar de *kash'i kakalaka*, een klein, donker bezemhok dat vergeven zou zijn van de kakkerlakken. Dat laatste viel erg mee. Wel stond ik letterlijk met mijn rug tegen de muur toen Erika vroeg waarom zij niet op mijn verjaardag mocht komen. Het feit dat er alleen familie kwam, vond ze geen argument. 'Ik zal het nog eens aan mijn moeder vragen,' probeerde ik me eruit te draaien.

In werkelijkheid was ik dat niet van plan. Mamai had me gewaarschuwd dat schoolvriendinnen en huisvriendinnen twee heel verschillende dingen waren. 'Op school mag je met haar spelen. Thuis is iets anders. Erika moet haar plaats weten.'

Zelfs op die leeftijd besefte ik hoe raar het was om dat juist uit háár mond te horen. De regel op zich had ik nooit in twijfel getrokken. Op den duur wist ik ook mijn plaats als Harold met zijn vrienden optrok en net deed of hij me niet zag, al kostte het me steeds meer moeite om te doen alsof ik dat niet erg vond.

Op de middelbare school richtte Harold de *Kosta Blou*-club op. Hij was voorzitter, secretaris en penningmeester tegelijk en hield alle touwtjes strak in handen. Iedere week nodigde hij een groeiend groepje vrienden uit om de hele zondag door te brengen aan het strand.

'Waarom mag ik niet mee?' vroeg ik hem.

'Je moet toch volleyen op zondagavond? Dat haal je niet.'

'Renata mag wel mee en zij moet als scheidsrechter nog vroeger op de baan zijn.'

'Jij moet als speler beter uitgerust zijn dan je zus.'

Voor het eerst zaten hij en ik op dezelfde school. Het bescheiden hoofdgebouw stond midden in een grote, redelijk verzorgde tuin. De klassen grensden aan vier open galerijen die zich in alle windrichtingen uitspreidden. Naast de school lag de planten- en dierentuin waar leerlingen hun toevlucht zochten om ongestoord te vrijen.

Ik had weinig sympathie voor de meisjes die briefjes, foto's of zelfs kleffe gedichten in mijn handen drukten om die *please please please* aan Harold te geven. Vaak wist ik al dat ze verliefd op hem waren voordat ze er zelf erg in hadden. Als ze me zomaar kwamen groeten, bijvoorbeeld. Dan maakten ze een praatje waarbij ze de naam van hun Adonis als honing over hun tong lieten rollen. 'Hoeveel jaar scheel je met Harold?' 'Hoe lang woont Harold al bij jullie?'

Voor Harold waren die meisjes evenwel slechts pionnen in een machtsspel dat ik als kind nog niet begreep. Alles draaide om Maritza, dat ene meisje dat niet alleen heel mooi was om te zien, maar ook hartelijk en bescheiden, wat haar vanwege haar rijke achtergrond op zich al populair maakte.

Tot ieders verbazing vroeg Harold Maritza zaterdags nooit mee. Gaandeweg raakte zij geïsoleerd van haar eigen vriendenkring en zat ze steeds vaker bij de jongerejaars, onder wie ik.

'Wat heb ik gedaan?' vroeg ze hem een keer.

'Hoezo?'

'De Kosta Blou-club. Je hebt me nooit meegevraagd.'

'Ah, natuurlijk. Je bent gewend dat de wereld om jou draait.'

'Hè? Zo ben ik helemaal niet.'

'Je bent toch een Gonzalvo? Die zijn niet anders gewend.'

Maritza staarde hem verbluft aan. Je kon zien dat ze niet begreep waar dat op sloeg. Harold had al jaren een parttimebaantje in haar vaders levensmiddelenbedrijf. Zou haar vader zo'n slechte baas zijn?

'Weet je wat?' zei Harold. 'Aanstaande zondag gaat de club naar Barbara Beach. We halen je wel op, oké? Als dat tenminste van je ouders mag.'

Het mocht. Maar toen Papai hen om zes uur 's avonds weer ging ophalen, waren Harold en Maritza niet meer aan het strand. Het enige wat hun vrienden wisten was dat de twee de sleutel op de kop hadden getikt van een leegstaand huis in Nieuwpoort. Ze waren er te voet naartoe gegaan en zouden later op eigen houtje naar huis gaan. Het werd tien uur, elf uur. Geen Harold, geen Maritza.

Ik begreep de ongerustheid van onze ouders wel, maar verbaasde me over het drama dat ze ervan maakten. Alsof het een unicum was dat twee tieners er een avondje vandoor waren.

Tante Elba verloor de grip op zichzelf en stond

buiten huilend op de uitkijk. Om de vijf minuten belde de vader van Maritza of we al iets gehoord hadden. En dan die scène, toen Harold eindelijk aan kwam slenteren met een uitdrukking op zijn smoel alsof hij de wereldcup gewonnen had.

Maritza verscheen de volgende dagen niet op school. Hoewel ze haar vriendinnen verzekerde dat er niets gebeurd was, sloot ze zich thuis in haar kamer op en weigerde ze met haar ouders te praten.

Harolds roes was van korte duur. Twee weken later waren zijn koffers gepakt en was er in Nederland een internaat voor hem geregeld. Daar zou hij zijn middelbare school afmaken en aansluitend verder studeren. Wie dat zou betalen, was me een raadsel. Zoiets vroeg je destijds niet.

Drie

Zaterdagmorgen ga ik bij oom Henry langs om over het vriendenboek te praten. Bij hem kan ik mijn gedachten de vrije loop laten. Omgekeerd ook, hoewel hij zelf nooit contact met mij opneemt. Met niemand, trouwens. Uitnodigingen slaat hij als lastige vliegen van zich af. 'Wanneer zei je? Ai ai ai, dan kan ik niet. Ja, erg jammer.'

Wanneer hij niet in zijn versleten leunstoel ligt te lezen, scharrelt oom Henry in de tuin rond waar hij aan de ene klus begint voordat de andere af is. Ik krijg altijd trek in hotdog van zijn langgerekte huis dat hij mosterdgeel geverfd heeft. De bruine raamkozijnen zien er verschoten uit onder de ketchuprode dakplaten. Oom Henry stapt net de veranda op als ik het stoffige erf op rijd en de auto onder de tamarindeboom zet. Verderop, naast de betonnen regenbak, staat de auto van zijn dochter Magali. Ik ben blij dat zij er is. Magali zag mij altijd staan, ook toen andere familieleden zich nog voor mij schaamden.

Qua leeftijd scheelt mijn nicht Magali net zoveel met mij als met mijn zussen. Aangezien ze enig kind is, vond ze het heerlijk om in de schoolvakanties bij ons te logeren. Het liefst speelde ze met mij. Dan deed ze alsof ik haar kleine zusje was en tutte ze me op om naar denkbeeldige feestjes of restaurants te gaan. Daarna mocht ik haar gezicht met Mamai's rouge bewerken en met eyeliner een lijntje om haar kleine ogen trekken.

Norma en Renata probeerden haar altijd bij me weg te kapen. Als het lukte, gingen zij een paar uur met zijn drietjes naar Piscadera-baai. Het was een besloten zwemclub waar aspirant-leden vooraf streng werden gekeurd.

De dag dat ons gezin als lid werd toegelaten zal ik niet licht vergeten. Mamai huilde van opluchting. Wat zouden de mensen niet gezegd hebben indien onze familie geweigerd was? Ze was zo bang dat de ballotagecommissie alsnog op haar beslissing terug zou komen, dat ik het eerste jaar uit voorzorg bij Wela werd gedropt wanneer zij 's zondags met z'n allen bij Piscadera gingen zwemmen.

Wat veel goed maakte, was dat Magali 's zondags ook bij Wela kwam. Oom Henry zette haar na de mis bij zijn moeder af om de verdere dag, naar ik later begreep, ongestoord bij de hoeren door te brengen.

Pro forma maakte ik stampij wanneer mijn ouders met mijn broers en zussen wegreden. Wela wist dat ik een statement moest maken en stond met haar armen over elkaar toe te kijken. Het was Magali die me iedere keer omarmde en haar gezicht tegen het mijne aan drukte tot ze weg waren.

Voor ons tweetjes was het ook een soort stranddag. Samen met Wela liepen wij via Dominguitu naar de kust en speelden we aan het water bij Marie Pompoen. Een echt strand kon je het niet noemen. Je kon wel heerlijk ravotten in de lichte branding, afgesleten glasscherven zoeken tussen de stenen en kleine witte kwalletjes vangen in zelfgemaakte netten. Als de zon oranje kleurde, haalde Wela de boterhammen tevoorschijn en zaten we dicht tegen elkaar aan geleund te eten, de benen gestrekt voor ons uit.

Een keer moesten we halsoverkop de aftocht blazen. 'Ai nò!' riep Wela keihard uit. 'Kom, kom, raap je spullen bij elkaar. We gaan!' Maar het was al te laat. Een paar meter verderop manoeuvreerde oom Henry zijn Chevrolet Impala stapvoets over het gesteente om een beschut plekje bij het water te vinden. Zijn schaapachtige grijns verried dat hij ons daar niet had verwacht. Op de voorbank, dicht tegen hem aangedrukt, zat een juffrouw aan zijn oorlel te sabbelen.

Magali staarde voor zich uit en zei boe noch bah. Op de terugweg hield ik haar hand vast en ik nam me voor om er thuis niets over te zeggen.

Het verbaast me niet dat Magali nu bij oom Henry is. In de weekends kookt zij voor haar vader en vriest ze afgepaste porties voor hem in, die hij door-deweeks opwarmt en zo uit het pannetje eet. Voor ik uitstap, veeg ik het laatste restje mobiel ontbijt van mijn lippen en kijk ik in de achteruitkijkspiegel of ik er presentabel uitzie.

Door de houten jaloezieën hoor ik haar plagende lach. 'Kijk wie er is, Pai,' roept ze naar oom Henry. 'Corine Serapio, de schrijfster. *Ata!*'

Magali was erbij toen Gerda met het plan kwam om een vriendenboek voor Harold samen te stellen. Ik was er niet. Het ging, begrijp ik nu, zoals het meestal bij ons in de familie gaat.

Norma protesteerde heftig. Konden Harolds vrienden dat niet zelf organiseren? Waarom moest het van ons uitgaan? Gerda wist toch hoe moeizaam onze relatie met hem was?

Renata nam het voor Gerda op. Ze vond het knap dat die zich altijd afzijdig had gehouden van dit soort gevoeligheden. Dat was voor haar ook niet gemakkelijk. Bovendien was Gerda nu een van ons. We konden haar dit niet weigeren, vond Renata.

'Dat kunnen we wél!' zei Edwin.

Iedereen keek verbaasd op.

Met een rood hoofd stamelde hij dat we ergens een streep moesten trekken. Het was oké om Harolds dominante houding voor de goede vrede te tolereren, maar het was stom om te doen alsof wij hem op handen droegen.

'Waarom stom?' veerde Mamai op. 'Het is helemaal niet stom.' Er volgde het bekende verhaal dat we eens moesten weten hoeveel moeite zij en Papai zich hadden getroost om voor een goede familie te worden aangezien. En hoeveel ergernissen zij in de loop der jaren onderdrukt had om te voorkomen dat onze status door futiele familieruzies aan stukken werd gescheurd. Zij zou niet toestaan dat wij daar licht mee omgingen.

'En zo'n moeite is het niet,' viel Renata haar bij. In Harolds kringen waren de meeste mensen heus wel in staat om een eigen bijdrage te leveren, verzekerde ze. Iemand moest ze alleen benaderen en proberen om wat herinneringen los te peuteren. Misschien de stukken redigeren en een inleiding schrijven. Ook een stuk namens de familie, natuurlijk. In dezelfde adem suggereerde ze om mij ervoor te vragen.

Norma vond dat laatste een goed idee. Edwin zweeg. Gerda had zich de hele tijd op de vlakte gehouden en sprong nu tevreden overeind om voor iedereen wat in te schenken. De enige die niets had ingebracht, was Roy. De hele avond had hij Gerda strak en zwijgend aangestaard.

Ik pak de bovenste plastic stoel van de stapel en zet hem zo neer dat ik over oom Henry's tuin uitkijk. Op het dak van het kippenhok genieten hagedissen van een feestmaal van overrijpe mango's die van de overhangende takken vallen.

'Wie ga je voor dat boek vragen?' vraagt Magali. 'De vrienden uit Harolds Europese tijd? Of die na zijn creoolse revolutie?'

'Magaaaliii...' Voor de vorm spreekt oom Henry zijn dochter vermanend toe. Hij laat zich in zijn leunstoel zakken en begint plukje voor plukje zijn afgekloven pijp te stoppen.

'Ik mag het toch vragen, Pai?'

'Niet zo cynisch. Je hebt zelf ook met je identiteit geworsteld.'

'Ja, ja. Maar Harold legde zijn nieuwe ideeën iedere keer aan zijn familie op. Eerst moesten we onze afkomst afdanken en imitatie-Europeanen worden, later precies andersom. Gerda mocht beoordelen of wij in de pas liepen.'

Dat laatste is niet eerlijk, maar eerlijkheid staat vanmorgen niet op Magali's agenda. Ze heeft zin in een vertrouwelijk rondje kletsen zodat we de schuld van alle gemiste kansen en frustraties overzichtelijk op één hoop kunnen gooien.

Oom Henry hapt niet toe. 'Jullie tweeën kwamen na je studie óók met vreemde ideeën uit Nederland terug. Twee avondjes uit met een vriendje en meteen, *boem*, samenhokken. En die vanzelfsprekendheid, hè? Als het dáár anders is, doen wij het hier dus verkeerd.'

Lichtjes trekt Magali aan haar overhangende bovenlip. 'Wij drongen toch niets aan anderen op, Pai?'

'Tuttut,' zegt oom Henry. 'Ben je de begrafenis van Wela vergeten? Jullie vertikten het om zwart te dragen. En maar kletsen in die rouwkamer. Op de eerste rij, nog wel.'

Ik ben opgelucht als het aroma uit de percolator de veranda bereikt en Magali van haar stoel springt om de koffie te halen. Naast de keukendeur staat een roestig, ijzeren bijzettafeltje waarop een stapel oude jaargangen van *National Geographic* als eethuis dient voor kakkerlakken. Ik probeer me te concentreren op de foto van de bovenste editie. In gedachten zie ik echter het ongeloof op de gezichten van mijn ouders die bij het hoofdeinde van de kist zaten.

De steelse, dringende blik van Mamai, de smekende blik van Papai.

Jeetje! De manier waarop ik mijn vader afpoeierde toen hij vroeg of we wat zachter konden praten... 'Doe normaal, Papai! In Nederland zijn begrafenissen nooit zo naargeestig.' En wat lette ons in hemelsnaam om een speld in de jurk van de dode te steken, zoals iedereen bij binnenkomst deed?

Het lijkt wel alsof oom Henry mijn gedachten raadt. 'Niet zo sip, Corine. Jullie waren niet de enigen die zichzelf even kwijtraakten. Als je leert dat er van alles mis is met je afkomst, dan wil je iemand anders zijn. Sommigen hadden er meer last van dan anderen.'

'Aha,' roept Magali. 'Die trouwden met een Europeaan als kompas.'

Zodra ze met het dienblad aan komt zetten, landen de suikerdiefjes op de voederplank die naast de veranda in de mispelboom hangt. De nieuwkomers wachten beleefd tot oom Henry er twee suikerzakjes op legt. Anderen zijn kind aan huis en wippen ongeduldig op de rand van de balustrade om hun portie op te eisen. Binnen enkele tellen hebben ze de zakjes opengepikt en eten ze hun gele buikjes rond. Na ieder hapje kijken ze met een ruk op alsof ze van elkaar willen weten of het smaakt.

'Weet je wat ik hoop, Corine?' zegt Magali nu ernstig. 'Dat je uit de gesprekken voor dat boek te weten komt waarom Harold was zoals ie was. En waarom hij zo radicaal veranderd is. Dan is al die moeite tenminste niet voor niets.'

Ik knik maar wat. Zo krijgt Magali ons toch waar ze ons hebben wil, deze keer niet gehinderd door haar vader. Verrukt slurpt oom Henry de verse koffie uit zijn aftandse, emaillen beker. 'Heerlijk,' grinnikt hij. 'Zwart, zoet en heet.'

Veel verder ben ik vandaag niet gekomen, bedenk ik op weg terug naar huis. Oom Henry was amper geïnteresseerd in de namenlijst van mensen die ik voor het boek wil aanspreken. Alleen bij één persoon, Harolds vaste tennispartner, streek hij peinzend over de vijf grijze haren op zijn hoofd.

'Hij heeft het heel ver geschopt, die gozer. De vleesgeworden gevestigde orde, is ie nu. Toch zit het hem nog steeds dwars dat zijn vader hem nooit wettelijk heeft erkend. Begrijp je zoiets? Wie was die vader helemaal? Een nietsnut met een doorschijnende huid. Dat was ie.'

Ik vroeg me stilletjes af wat er niet aan te begrijpen viel. Het halve eiland loopt met zo'n wrok rond.

'Misschien is Harold daarom goed bevriend met

hem gebleven,' mompelde oom Henry verder. 'Want hij moet anders niets van het establishment hebben.'

Even meende ik dat er bij mij een kwartje viel. 'Hè? Bedoelt u dat...'

Oom Henry wendde zijn blik af en koos de veilige afslag van de Y-splitsing. 'Uh... ik bedoel dat Harold zijn vriend spaart.'

'Want die vriend is een martelaar,' viel Magali hem bij, 'en martelaren zijn de helden van vandaag.'

Magali had een punt. Wie een zielig verhaal heeft, Papiaments spreekt en een beetje in en uit kan ademen, maakt kans op de beste functies bij de overheid. Ben je bekwaam of, erger nog, kom je uit een stabiel gezin, word je publiekelijk ontleed en verdacht gemaakt. Het was wel jammer dat ik oom Henry niet meer op de rails kreeg. Had dit indirect te maken met de vader van Harold? Of had ik me dat ingebeeld? Ik nam me voor om die vaste tennispartner toch een keer te bellen.

Oom Henry lurkte wat aan zijn pijp, bracht het gesprek op een ander onderwerp en ging gretig in op een anekdote van Magali uit de tijd dat zij in de stad bij een handelsfirma werkte.

De firma lag vlak bij het kantoor waar Gerda, kersvers op Curaçao, als junior accountant in dienst trad. Natuurlijk mocht ze met Magali meerijden totdat ze een eigen auto had. Het jaar daarop had Magali's roestbak het begeven. Ze kon een tweedehands auto op de kop tikken, mits ze acht weken wilde wachten. Dat wilde ze.

Opgelucht belde ze Gerda om te vragen of ze in de tussentijd met haar mee kon rijden. Even viel er een stilte aan de andere kant van de lijn. 'Acht weken,' peinsde Gerda. 'Tja, dat is drie weken langer dan toen ik vorig jaar met jóú meeliftte.'

'O,' hakkelde Magali. 'Ik wist niet dat we aan het tellen waren.'

'Geen kwaad woord over je karretje, hoor,' zei Gerda. 'Het was een hartstikke leuk ding. Maar die van mij verbruikt veel meer benzine. Ik zal vanavond eens bekijken hoe we de kosten kunnen delen.'

Het is fijn om achteraf om die verhalen te kunnen lachen en om zonder gierende emoties herinneringen op te halen aan die grote, dikke gum waarmee we steeds een stukje van onszelf uitwisten.

Ik vertelde ze van meester Hagemans, een onderwijzer die de leerstof goed kon uitleggen en je persoonlijk net zo behendig in verwarring wist te brengen. Mamai had mij op een dag een flink stuk taart voor de meester meegegeven. Het was de bovenste etage van een bruidstaart die ze zelf voor haar peetdochter had gebakken. Trots wees ik de meester op de mooi bespoten rand en de roosjes van marsepein.

'Kijk eens aan, kijk eens aan,' zei meester Hagemans. Hij liep in een cirkel om mij heen alsof hij een auto in de showroom bekeek. Van dichtbij kon ik zijn dikke, grijze sokken ruiken die uit zijn bruine sandalen staken.

'Het was zeker een heel groot feest, Corine.'

'Ja, meneer.'

'Met een kilometerslange bruidsstoet, zeker?'

'Ja meneer.'

'Zo, zo, zo. Jullie zullen onderweg wel flink getoeterd hebben.'

'Ja meneer.'

'Is dat om de geesten te verjagen?'

'Uh... ik weet het niet, meneer.'

'Wat zeg je nou?' vroeg de meester met gespeelde verbazing.

Al die tijd stond ik met de taart als een misdienaar voor de offerande.

'Zo veel lawaai maken op de weg,' verzuchtte hij theatraal, 'en niet eens weten waarom?'

De klas brulde van het lachen hoewel de meeste kinderen zich geen bruidsstoet konden voorstellen die na de mis níét toeterend door de straten reed.

De rest van de week vertikte ik het om taart rond te brengen. Mamai begreep er niets van en ik eerlijk gezegd ook niet. Maar we deden blijkbaar iets achterlijks en ik had geen zin om nog een keer voor gek te staan.

Het is druk op de Gosieweg. Sommige automobilisten maken boze gebaren ten teken dat ik te langzaam rijd. Ik wuif met dezelfde vinger terug en zwenk voorzichtig langs de gaten in de weg die sinds de laatste grote regenval bij het straatbeeld zijn gaan horen.

Bij Gosie Supermarket begint het opnieuw te plenzen. Doorrijden is geen optie. Ik heb niets in huis. Ik besluit in de auto te wachten tot het droog is en Harolds vaste tennispartner voor een afspraak te bellen.

De hoge, lijzige stem van Harolds tennispartner, alias de vleesgeworden gevestigde orde, roept het beeld op van een man die snel bij de bal is en hem vervolgens veel te traag terugslaat. Hij onderwerpt mij aan een zeurderig verhoor om precies te weten wat ik van hem wil. Dit is niet het goede moment. Mijn aantekeningen zitten onder in mijn handtas, die in een van mijn boodschappentassen in de achterbak zit. Ik stamel wat over zijn vriendschap met

Harold en vraag onnozel of er tussen hem en Harold overeenkomsten zijn in de relatie tot hun vader.

Er valt een geladen stilte aan de andere kant. Ik hoop tevergeefs dat de verbinding is verbroken. Helaas. Hij begint te spreken. Preken, is het eerder.

Of ik soms niet weet dat je bepaalde onderwerpen niet hoort aan te roeren. Dacht ik heus dat hij Harolds verleden aan de grote klok zou hangen áls hij er al iets van afwist?

Ik bied een paar keer mijn excuses aan in de hoop dat hij die oppikt te midden van zijn woordenkots. Na verschillende pogingen om ertussen te komen, verandert hij van toon.

Drie kwartier later loop ik verdwaasd door de supermarkt achter mijn lege boodschappenwagen. Had ik geweten dat hij ongegeneerd zou leeglopen, had ik een mail gestuurd. Nu stond me een fikse telefoonrekening te wachten en had hij alleen over zichzelf verteld; een verhaal dat zich hier wel vaker afspeelt, in alle denkbare variaties.

Ik kan het zo voor me zien, hoe hij als kind aan de hand van zijn vader iedere eerste zondag van de maand bij diens ouders op bezoek ging. Hij was een stevig kind, zei hij, met gelaatstrekken die door zijn grootouders als te zwaar bestempeld werden. 'Waarom gaan we altijd door de keukendeur naar binnen?'

vroeg hij steeds. 'Dan schenken we meteen een glaasje limonade in,' was het vaste antwoord. 'En waarom komt moeder nooit mee?' wilde hij weten. 'Die heeft er nooit zin in,' verzuchtte zijn vader, verzwijgend dat moeder het verdomde om via de achterdeur naar binnen te moeten.

Het derde verraad kwam hij niet te boven. Op zijn vijfentwintigste ontmoette hij zijn ware liefde. De beer was los toen hij zijn vader vroeg om hem wettelijk te erkennen zodat hij in de kerk kon trouwen. Vader weigerde. Het was zijn persoonlijke beslissing geweest om zijn leven te delen met een vrouw uit de lagere sociale kringen, redeneerde hij. Hij kon zijn familie niet achteraf met de gevolgen opzadelen door zijn zoon voor de wet te erkennen. Dat vader dankzij die vrouw een dak boven zijn hoofd had, telde in zijn overweging niet mee.

Wat gaat mij dit allemaal aan, denk ik als ik lukraak wat boodschappen in het karretje gooi. Ik wil verhalen die ik kan gebruiken. Geen halfbakken verwijzingen naar het verleden van mijn neef. Voor speurwerk ben ik niet in de wieg gelegd.

Ik duw de vage herinnering weg aan onze eigen zondagse bezoekjes aan Gran, mijn vaders quasivoorname moeder. Ik was een peuter en keek vanuit de woonkamer toe hoe de anderen op de veranda speelden en leunend over de balustrade naar voorbijgaande kerkgangers zwaaiden. Ik mocht niet. 'Het waait daar te hard,' zei Gran. 'Jij wordt snel ziek,' viel tante Elba haar bij. 'Je valt van de rand,' zei Mamai zachtjes in mijn oor. Papai nam me op schoot en stopte me vol met eierkoekjes.

Brood, yoghurt en toiletpapier. In de auto bedenk ik wat ik eigenlijk nodig had. Te laat. Ik ben bijna thuis en heb geen zin om terug te rijden.

Op de radio is minister Wilco zijn vermeende opponenten weer aan het intimideren. In naam van de vrije meningsuiting braakt hij schimpscheuten uit over iedereen die vraagtekens zet bij zijn heilige strijd om de relatie met Nederland te verbreken. Door die banden intussen grondig te verzieken, zorgt hij ervoor dat ze vanzelf kapotgaan. Of men wil of niet. Wie piept, krijgt ongevraagd de hoofdrol als volksverrader in een feuilleton zonder einde dat door de media kritiekloos wordt uitgezonden.

Dit kan Harold toch niet bedoeld hebben met zijn 'creoolse revolutie'? vraag ik me af. Ik herinner me de verbazing van de familie toen uitgerekend Harold, enkele jaren na zijn terugkomst, ten strijde trok tegen alles wat hij eerst gepropageerd had.

Vóór die tijd hekelde hij iedere eigenschap, iedere cultuuruiting, in feite alles wat niet van Europese origine was. Als jonge tiener lag hij in zwijm als er op de televisie een Weense wals werd gedanst.

'Net levende schaakstukken,' plaagde Roy. 'Waarom binden ze voor het dansen een strijkplank op hun rug?'

'Dát is cultuur,' glunderde Harold. 'Niet dat kontschudden van jullie.'

'Jullie,' herhaalde Roy quasipeinzend. 'Hm! Dus jij hoort niet bij ons. Is dat wat je bedoelt?'

'Tot op zekere hoogte.'

'Hoe hoog is dat precies?'

Harold keek hem enkele tellen zwijgend aan met de smalende blik die hij tot zijn handelsmerk ontwikkeld had. 'Net genoeg,' zei hij, 'om niet met mijn poten in de modder te blijven steken, zoals jullie.'

Zelfs het Papiaments, zijn eigen moedertaal, sprak Harold met een zuinig mondje, alsof zijn lippen gedeeltelijk waren dichtgeritst.

Maar enkele jaren na zijn studie en terugkeer op het eiland sloot hij zich aan bij Plataforma Kòrsou, een pressiegroep die de eigen identiteit uit het verdomhoekje haalde en het Papiaments als voertaal op school wilde introduceren.

Er ging geen week ging voorbij of Harold verscheen met een vlammend betoog in de media. Als linguïst en pedagoog werd hij binnen vijf jaar bevorderd tot waarnemend hoofd van het departement van Cultuur. Na nog eens vijf jaar werd hij beleidsmedewerker van de ministerraad op het gebied van algemene volksontwikkeling.

Wij, zijn familieleden, werden opnieuw onwetend verklaard, ditmaal omdat we niet beseften hoe verstikkend die Europese normen waren die hij ons al die tijd had opgedrongen. Cultureel moest alles om. Alleen *krioyo* was voortaan goed. Eigen mensen, eigen gewoonten, eigen taal.

Zelf bleef hij thuis onberispelijk Nederlands spreken met zijn kinderen. Hoewel ze katholiek gedoopt waren, deed hij ze op een protestantse school die bekendstond als een bastion van Nederlandstalig onderwijs. Als ze Gerda's familie in Nederland opzochten, bezichtigden ze twee grote Europese steden met het hele gezin. Om de jongens cultureel bij te spijkeren.

DEEL 2

Vier

Het is nog geen tien uur als zij zondagmorgen voor het huis van Hans en Anouk Verhoeven staat. Girasol ligt prachtig in het lichtglooiende landschap rond het Spaanse Water. In het weekend lopen jongeren er met zeilboten en kajakken te zeulen. Oudere bewoners glijden voorbij in blinkende auto's die niet zelden een boot op een trailer achter zich aan slepen.

Zo veel gezinnen, zo veel bouwstijlen, lijkt het motto van de wijk te zijn. Art-decohuizen en Spaanse nephaciënda's staan zij aan zij met Amerikaanse bungalows of namaak Engelse cottages; het ligt er maar aan waar de eigenaar met vakantie was geweest.

Na Emmastad en Julianadorp, die Shell rond 1930 voor zijn Europese employés had gebouwd, is Girasol de eerste omheinde wijk op het eiland met een toegangspoort en portier.

'Het zal toch niet... Is dat niet een van de nichtjes van Harold Serapio? Die eh... Corine meen ik.' Vanuit het keukenraam ziet Hans Verhoeven hoe Corine haar hand wegtrekt als Tippie blaffend tegen het tuinhek opspringt.

'Ach, dat was ik helemaal vergeten,' zegt Anouk. 'Ze had gebeld over een vriendenboek voor Harold. Of ze er met jou over kon praten.'

Hans propt de rest van zijn croissant in één keer in zijn mond.

'Had dat eerder gezegd,' sputtert hij. Een klodder abrikozenjam druipt vanuit zijn afhangende mondhoek langs zijn korte kin. 'Ik had meteen de boot afgehouden.'

Anouk wuift zijn woorden weg en ruimt haastig de tafel af. 'Trek even een broek aan,' zegt ze. 'Ik ben zo terug.'

'Je hoeft haar toch niet tegemoet te lopen?'

'Niet zo onvriendelijk! Je ziet toch hoe Tippie tekeergaat?'

'Onzin, zoals die lui bang zijn voor honden,' zegt Hans. 'Als ze hem even aait is er niks aan de hand.'

Anouk laat haar man mopperend achter en grijpt Tippie even later stevig bij zijn halsband vast. Het zal de portier wel zijn, denkt Corine wanneer ze de telefoon binnen hoort overgaan. De Verhoevens hadden niet doorgegeven dat ze bezoek verwachtten en de portier zou controleren of ze inderdaad daar was. Haar gedachten dwalen af naar Wela, die jaren eerder rechtsomkeert had moeten maken bij de poort van het Julianadorp.

Auto's waren in Wela's jonge jaren een rariteit. Wie vanuit Boca St. Michiel naar Santa Maria toe moest, liep door het gebied dat later Julianadorp zou worden. Maar nadat Julianadorp uit de grond was gestampt, moesten de bewoners van de achterliggende dorpen kilometers omlopen.

Op een zondag stond Wela met haar twee kleine kinderen voor de poort bij de zijingang van het dorp. Ze vertrouwde erop dat de wachter die dag een uitzondering zou maken. Het was immers een bijzondere gelegenheid en ze hadden hun allermooiste kleren aan. Een nichtje van Wela trouwde in de kerk van Santa Maria. Wela was haar peettante en zou bij het kerkelijk huwelijk ook getuige zijn.

Wela had niet verwacht dat de reguliere wachter, een oude ziel uit het nabijgelegen dorpje Jan Doret, in het weekend vrij was. In zijn plaats stond er een employé van Shell die zelf in Julianadorp woonde en op die zondag aan de beurt was om de ingang te bewaken.

Wat Wela ook zei of deed, de man bleef rustig aan zijn thermoskan lurken. Om de paar slokken keek hij onverschillig in haar richting en maakte een wegdrijvend gebaar.

De anders zo bezadigde Wela werd eerst wanhopig en ten slotte razend. 'Die hand hè,' schreeuwde ze, 'die hand... zo jaag je kippen weg. Wij zijn geen kippen!'

De bewaker pakte haar bij haar pols en kneep in de rubberen bal van een oude scheepstoeter die aan het raamkozijn van het wachthuisje hing.

Uit een naburig huis kwam een collega aanrennen met een stel kinderen in zijn kielzog. Verschrikt keken die toe hoe mijn fraai uitgedoste, krijsende Wela aan een stoel werd vastbonden.

'Laat ze maar kijken,' snauwde de wachter toen de collega de jongens naar huis wilde sturen. 'Dan weten ze waarom ze zich niet met dat schorriemorrie moeten inlaten.'

Wela bracht de rest van de dag in een stinkende politiecel door. Volkomen overstuur kwamen haar kinderen een uur te laat aan bij de kerk van Santa Maria. De pastoor, die in de consternatie geen touw kon vastknopen aan het gejammer, besloot de kerkelijke inzegening af te gelasten. Maar de geiten waren al voor het feest geslacht. Niemand in de familie had een huis met voldoende koelcapaciteit om zo veel eten te bewaren en ze konden zich niet nóg een bruiloft permitteren. Dus ging het feest gewoon door en ging het verhaal over het voorval als een gifbeker van mond tot mond.

'Koffie?' vraagt Anouk met een stem die zwaarder klinkt dan men bij haar zou vermoeden.

'Eh ja.' Corine kent Anouk alleen uit de media. Regelmatig treedt ze op de voorgrond met ludieke acties. Ze begon ermee toen de kinderen van haar hulp achter raakten op school omdat hun moeder geen grafische rekenmachine voor hen kon kopen.

Anouk begon bij jubilerende bedrijven aan te kloppen om een bijdrage voor de jeugd te vragen. 'Als het goed gaat op dit eiland, vicrt u nog veel mijlpalen,' is haar motto. 'En het gaat goed als alle kinderen een eerlijke kans krijgen.' Buiten de schijnwerpers troggelt ze bij particulieren en instellingen fondsen af voor bijlessen.

Prompt staat ze met drie dampende mokken in haar handen, haar bruinverbrande benen als satéstokjes onder een minuscule witte short waarboven een feloranje tanktop net tot haar navel reikt. Ze wijst naar een tafel van sloophout met een fleurig vogelmozaïek. 'Kom lekker zitten,' zegt ze. 'Na de koffie laat ik jullie alleen. Als je eenmaal begint, komen er vast leuke herinneringen boven.' Met haar vingers strijkt ze speels door het dunne haar van haar man alsof ze zijn korzeligheid wil wegmasseren.

Hans blijft stuurs voor zich uit kijken. Hoe kan je van leuke herinneringen spreken als Harold zo ver is weggegleden?

Het begon ruim dertig jaar geleden vrij geruisloos, weet Hans nog. Het leek alsof er een kleine, inwendige lekkage bij Harold was ontstaan waar zijn échte denkbeelden doorheen begonnen te druppelen. Plotseling leek hij aanstoot te nemen aan opvattingen waar hij eerder gretig voor getekend had of die zelfs uit zijn eigen koker waren gekomen. Had hij, uitkijkend over het gore water dat bij Nijmegen door de Waal stroomde, niet zelf verzucht dat zijn eiland paradijselijk zou zijn geweest als het een andere bevolking had gehad?

Afkomstig uit Driehuizen in Noord-Brabant, voelde Hans zich aan de universiteit van Nijmegen net zo verloren als die lange, heel licht getinte jongen uit Curaçao. Ze raakten aan de praat, toen bevriend, en werden vervolgens onafscheidelijk.

'Neem die jongen toch eens mee,' had zijn moeder gezegd toen Hans weer eens over zijn exotische vriend vertelde. Maar toen het eindelijk zover was, bleek dat de Verhoevens zich Harold anders hadden voorgesteld. Ze luisterden verbaasd als hij sprak over de democratiseringsgolf die de gemoederen in Europa bezighield of als hij geestdriftig met Hans discussieerde over vlammende passages uit de essays van Joop den Uyl.

Naarstig zochten Pa en Ma een aanleiding om hem iets bij te brengen. 'Eten jullie thuis ook aan tafel?' Het verbaasde hun dat Harold hun gastvrijheid zo vanzelfsprekend scheen te vinden. 'Je ouders vinden het zeker wel mooi dat je bij ons thuis mag komen?'

Alleen Hans zag dat die vragen zijn vriend in grote verwarring brachten. In de weken daarna deed Harold extra zijn best om erbij te horen. Op het eerste gezicht leek dat niet zo moeilijk. De derde wereld stond rond 1970 bij velen hoog in het vaandel en Pa en Ma Verhoeven boekten op verjaarspartijtjes veel succes met hun verhalen over de Curaçaose studievriend van Hans.

Aan die goedgunstigheid kwam echter abrupt een einde toen Harold verkering kreeg met Gerda van Duin, een jongere nicht van Hans. De familie in Driehuizen stond op haar achterste benen. Pa en Ma Verhoeven vonden dat hij hun vertrouwen had beschaamd en eisten dat Hans hem dat duidelijk zou maken.

'En ik maar denken dat jullie tolerante, ruimdenkende mensen zijn,' zei Hans.

'We hebben hem al die tijd toch getolereerd? Oom Guus had ons nog zó gewaarschuwd! "Geef hem een vinger," zei hij, "en hij pakt je hele hand." Vreselijk! Dat dit uitgerekend zijn dochter moest overkomen.'

'Ma, het is wederzijds. Gerda is smoorverliefd op Harold.'

'Maar daar hoeft hij toch geen misbruik van te maken? Er zijn genoeg Curaçaose meisjes waar hij uit had kunnen kiezen.'

Harold deed nog harder zijn best om erbij te horen. Als het uiterlijk niet helemaal lukte, dan maar innerlijk. Het was alsof hij een demper om zich heen ging dragen die behalve zijn stemgeluid ook zijn toon, mimiek en lichaamstaal in toom hield. Soms liep hij liedjes voor zich uit te neuriën van Ramses Shaffy en Jacques Herb. Tot verbazing van zijn vrienden bereidde hij in het studentenhuis voortaan uitsluitend Hollandse kost.

Tegen de tijd dat hij en Gerda na hun studie in het huwelijk traden, was haar familie al redelijk aan het idee gewend geraakt. Het feit dat Hans als leraar Nederlands ook mee zou gaan naar Curaçao, was voor oom Guus een geruststellende gedachte.

'Dit heeft geen enkele zin,' zegt Hans nu. 'We zijn allang uit elkaar gegroeid. Eén keer hebben we een flinke aanvaring gehad. Het gekke was, het ging helemaal nergens over.'

Na zoveel jaar kan Hans zich daar nog steeds aan ergeren. Net op het eiland, sloot hij zich aan bij een groep jonge, meestal uitgezonden professionals, verenigd in de Curaçaose Leeskring. Harold kwam daar later bij toeval achter.

'Gluiperd!' zei hij half grappend. 'Waarom hoor ik dat nu pas?'

Hans vond het onzin om eromheen te draaien. Hij vertelde Harold dat hij hem graag had willen introduceren maar dat de anderen ertegen waren. De kring was een plek waar de expats onder elkaar konden zijn en vrijuit konden praten zonder de Curaçaoënaars voor het hoofd te stoten.

Dat was het moment dat Harold flipte. Belachelijk, vindt Hans, zoals zijn vriend hem een tijd negeerde. En dan die Gerda met haar zwetsverhaal. Ze zei dat Harold het niet kon verwerken dat de *makambas* hem zelfs in zijn eigen land buitensloten.

Het ging daarna weer een poosje beter tussen de twee vrienden. Harold zei dat hij toch geen belangstelling voor de leeskring had omdat die zich blindstaarde op de Europese literatuur. Hij had een eigen kring opgezet van jonge, lokale afgestudeerden. Zij zouden het hele onderwijssysteem omgooien en het Papiaments als voertaal op school introduceren.

Hans dacht dat het wel los zou lopen. In het begin kon hij er hartelijk om lachen als die groep weer eens een patriottische kreet slaakte die wat rimpelingen veroorzaakte. Maar onder Harolds leiding zwol het licht klotsende watertje aan tot een onstuimige stroom die iedereen dwong om naar de ene of naar de andere kant te springen.

Zo is het wel genoeg, denkt Corine na nog wat hapsnapopmerkingen van Hans. Ze pakt met een brede zwaai haar tas van de grond om haar laptop op te bergen. Hans slaat er geen acht op en begint op eigen houtje verder te vertellen. Bang dat hij van gedachten verandert, zakt Corine voorzichtig terug in de rotan stoel. Haar vingers glijden soepel over de letters om zijn relaas zo letterlijk mogelijk in te voeren.

Er was een congres, begon Hans. Het ging over de introductie van het Papiaments in alle klassen van de basisschool. De aula van de universiteit was overvol en Harold werd herhaaldelijk onderbroken door langdurig applaus en gestamp.

Een jonge deelnemer waagde het om te vragen hoe het dan zat met de aansluiting op de havo. De zaal hield de adem in toen Harold een diepe zucht slaakte, de deelnemer secondelang hoofdschuddend aankeek en vervolgens getergd heen en weer begon te lopen.

'Typisch weer zo'n elitaire vraag,' zei hij. 'De meeste van onze jongeren zien nooit een havoschool van binnen. Nooit. Om die jongeren gaat het. Die moeten wij te hulp schieten. Door ze te vormen. Door ze hun identiteit terug te geven. Ónze identiteit. De identiteit die tot de dag van vandaag verpletterd wordt door de slaafse focus op Nederland en Europa. Daar gaat het ons nu om. De elite redt zich wel. Ik zie dat die in jou een goede vertegenwoordiger heeft.'

Gelach en applaus. Aan het einde van de morgen, na nog een rondje schouderkloppen, kwam er een vrouw aan de beurt die zich voorstelde als Maritza Gonzalvo. Hans wist niet wie die Maritza was, maar aan Harolds reactie kon hij zien dat die twee elkaar kenden.

'Ik wil maar één ding zeggen,' zei Maritza. 'Ik hoop dat jullie het kind niet met het badwater weggooien. Dat is mijn enige zorg.'

'Nee maar! Maritza Gonzalvo!' zei Harold met een weids gebaar dat niet rijmde met zijn samengeknepen oogleden.

Plotseling trok hij zijn hoofd diep tussen zijn schouders weg en keek haar met de armen over elkaar aan, een gestrekte wijsvinger vlak voor zijn mond.

'Zo te horen ben je niet gekomen om ons te steunen, Maritza. Juist nu wij iets doen voor de slachtoffertjes van het Nederlandstalige onderwijs, maak jij je ongerust?'

'Eh, het is geweldig wat jullie allemaal doen, maar...'

'Maar nu begin je toch bang te worden. Dat zou ik ook zijn als ik jou was. Want ons Papiaments staat echt op de drempel van de school. Zelfs jouw kindertjes ontkomen er niet aan.'

Gejuich en gestamp.

'Het gaat allemaal te snel,' hakkelde Maritza. 'Ik bedoel...'

'Te snel? Hoe lang moet de jeugd nog onder dit onderwijssysteem lijden?'

'Als je alles overhoop gooit voordat er ook maar één leerboek in het Papiaments is, heb je geen houvast als het fout gaat. Je gooit toch ook geen oude schoenen weg voordat je nieuwe hebt?'

'Dat ligt er maar aan,' zei Harold. 'Wij lopen liever op blote voeten dan op knellende houten klompen.'

Het duurde even voordat de zaal tot bedaren kwam.

Hoewel Harold zijn best deed om Maritza verder te negeren, week ze niet van de microfoon. 'Ik begrijp dat kinderen het beste in hun moedertaal kunnen leren. Ik vraag me alleen af waarom het zo massaal moet. Waarom niet eerst een nieuw schoolsysteem opbouwen en dan geleidelijk...'

'Omdat de tijd er, politiek gezien, nu rijp voor is, Maritza. Nú zitten er mensen in de regering die aan onze kant staan. Daarom moeten we nú beginnen. De leerstof ontwikkelen we gaandeweg.'

'Dat is het juist,' hield ze vol. 'Stel dat de leerstof niet op tijd afkomt. Je offert in de tussentijd wel een hele generatie kinderen op.'

'Tja. Iedere revolutie maakt slachtoffers, Maritza. Wij zijn bereid om dat offer te brengen.'

'Het kan toch stapsgewijs? Als je het Papiaments nou eerst eens als brug gebruikt naar het Nederlands, dan kan je...'

'Wat zeg je?' riep Harold met overslaande stem. 'Wat zeg je daar?' Hij schoot als een sprinkhaan naar voren terwijl hij zijn prooi met wijd opengesperde ogen aankeek. 'Als brug? Het Papiaments als brug? Aha! Eindelijk. Eindelijk komt je ware aard boven. Onze geliefde taal, dames en heren, is in de ogen van deze dame niets anders dan een brug waar je overheen loopt om bij haar Eldorado, het Nederlands, te komen.'

Wanneer Corine die avond haar aantekeningen doorneemt, beseft ze dat Hans weinig had verteld dat geschikt is voor het vriendenboek. Ook blijkt uit zijn verhaal niet wat Harold al die tijd gedreven heeft. Logisch dat Harold gegriefd was toen hij in zijn eigen land uit Hans' lezersclub geweerd werd. Of zijn dweepzucht met Europa daardoor omsloeg in rabiate afkeer, lijkt Corine echter wat ver gezocht.

Wat haar meer intrigeert, is Harolds aanvaring met Maritza.

Voordat Harold op stel en sprong naar Nederland moest verkassen, werkte hij ieder weekend bij Maritza's vader in een magazijn. 'Kinderen kunnen niet jong genoeg leren dat ze moeten werken om vooruit te komen,' vond tante Elba. Kennelijk was meneer Gonzalvo erg tevreden over hem, want met kerst mocht Harold altijd even bij de Gonzalvos op bezoek komen.

Aangespoord door tante Elba trok Papai ieder jaar zijn portemonnee open om onze neef in nieuwe kleren te steken. Tante Elba sleurde Harold mee de stad in om een pak, een overhemd met bijpassende das en een paar glimmende, witte schoenen uit te zoeken. Op de bewuste dag werden zijn haren geknipt en gewassen, zijn oren met een wattenstokje schoongemaakt en zijn nagels op rouwrandjes geïnspecteerd.

Vervolgens kwam de preek. Zodra tante Elba zich met haar zoon in de slaapkamer afzonderde om hem de laatste aanwijzingen te geven, drukten de zusjes Serapio om de beurt hun oor tegen het sleutelgat. Waar ze op wachtten, waren niet de gedempte flarden van die jaarlijkse tirade, maar het gejammer en gesnotter van hun anders zo onverstoorbare neef.

Ze trokken zich net op tijd terug voordat Harold met grote passen naar buiten liep waar Papai in de auto op hem zat te wachten. Het bezoekje bij de Gonzalvos duurde nooit erg lang. Vlak voordat hun andere gasten arriveerden, bracht meneer Gonzalvo Harold weer naar huis.

De eerste jaren zat Corine brandend van nieuwsgierigheid op hem te wachten.

'Hoe was het? Was het leuk?'

'Ja.'

'Hebben ze weer zo'n grote kerstboom?'

'Ja.'

'Wat heb je gekregen?'

'Een vulpen.'

'Alweer?'

'Ja.'

'Moest je dit jaar weer weg voordat het feest begon?'

'Hou je bek, stomme trut!'

Toch maar eens aan tante Elba vragen wat dit allemaal te betekenen heeft, denkt Corine. Waarom al die geheimzinnigheid? Ze besluit gauw te bellen om te vragen of ze langs mag komen. Het is meestal redelijk rustig in het verpleeghuis.

Plotseling schiet het haar te binnen: Astrid Ignecio. Die zit nu in de directie van een seniorencentrum in Rotterdam. Een bekwame tante die uiterlijk aan Condoleeza Rice doet denken met het spleetje tussen haar voortanden en de parelketting om haar hals. Ook in Nijmegen gestudeerd. Was bevriend met Gerda. Na haar studie enige tijd op Curaçao gewerkt. Nu is Astrid alweer jaren terug in Nederland. Misschien is zij wel een kandidaat voor het vriendenboek.

Voordat Corine het vandaag voor gezien houdt, stuurt ze Astrid een uitgebreide mail. Ze vindt het wel zo prettig dat ze Astrids eerste reactie niet hoeft te zien. De weerzin die Hans bij iedere vraag aan de dag legde, had Corine niet onberoerd gelaten.

Vijf

From Astrid Ignecio
Subject Vriendenboek
To Corine Serapio

Dag Corine,
Natuurlijk ken ik je nog. Jij kwam in de brugklas toen je zus en ik in het examenjaar zaten. Renata heeft twee jaar in dit seniorencentrum gewerkt. Met haar heb ik nog altijd contact dus ik weet ongeveer hoe het verder is gegaan met Harold. Met jullie allemaal trouwens. Als je ver weg zit, heet het geen roddelen maar herinneringen ophalen. Ik zal gauw een stukje voor het vriendenboek schrijven.

Ik proef in je mail wel een soort aarzeling, alsof je bang bent dat je verzoek in slechte aarde valt. Dat kan ik me goed voorstellen. Je neef heeft veel mensen rot behandeld en mij eerlijk gezegd ook. Toch hoef je je niet voor hem te verontschuldigen, want zijn houding komt natuurlijk niet uit de lucht vallen.

Toen ik je mail kreeg, heb ik daarom eerst geprobeerd om mij in zijn situatie te verplaatsen. Anders komt Harold niet tot zijn recht. Dat ik je nu pas antwoord, komt omdat dat bij mezelf ook veel heeft losgemaakt. Daar zit je waarschijnlijk niet op te wachten, Corine, maar het kan geen kwaad als je weet hoe sommige ervaringen op mensen in kunnen werken.

Laat ik bij Gerda beginnen, want die kende ik al voordat Harold haar ontmoet had. We woonden op dezelfde etage van een studentenhuis in Nijmegen. Je neef kwam op een dag met Hans Verhoeven mee om samen planken in Gerda's muur te schroeven. Het was liefde op het eerste gezicht tussen die twee. Zo gek is dat niet, want wat valt er niet leuk te vinden aan Gerda?

Na mijn studie ging ik direct terug naar huis. Ik was ontzettend blij toen Gerda na een jaar of vijf ook met Harold op Curaçao kwam wonen. Maar er was iets veranderd, Corine. Het begon met haar verbaasde blik toen ze bij mij en Rolando binnenstapte. Rolando zat bij de politie. Wij waren pas getrouwd en woonden vlak bij zijn ouders in dat knalgele huisje in Mundu Nobo, schuin tegenover de brandweerkazerne.

Het eerste wat Gerda zei was: 'Goh! Jullie hebben

het hier goed voor elkaar.' Maar ik had niet de indruk dat ze blij voor me was. Het klonk eerder als een verwijt. Ze drentelde wat rond, mompelde iets over de witte, houten jaloezieën, zei verder weinig over zichzelf en vroeg heel veel. Het was net alsof ze mij en ons huis aan het taxeren was.

In het begin gebeurde dat iedere keer als we elkaar zagen. Hoe Rolando aan zijn boot gekomen was, vroeg ze bijvoorbeeld. En of hij zich dat wel kon veroorloven. Ik legde haar uit dat hij en zijn vader die zelf hadden gebouwd en dat zijn vader van de vissers in Santa Cruz had geleerd hoe dat moest.

Dat was de aanleiding voor de eerste grote uitbarsting tussen Rolando en mij. Hij kon niet begrijpen dat ik verantwoording aan Gerda aflegde over dingen waar zij niets mee te maken had. En ik kon of durfde maar niet voor mezelf toe te geven dat onze vriendschap misschien wel een illusie was geweest.

Hoe zal ik het zeggen? Het was alsof Gerda het mij kwalijk nam dat ik niet zielig of armlastig was. Zolang ik het vreemde, zwarte meisje was dat zij onder haar hoede kon nemen, kon ze met mij voor de dag komen. Maar toen die missionarisrol op Curaçao wegviel, bleef er van de vriendschap niet veel over.

Soms leek het alsof ze daar zelf een beetje mee in haar maag zat, en dan probeerde ze er op haar manier toch iets van te maken. Maar ze kwam via haar werk in een circuit terecht van mensen die het eiland als een modern wingewest zagen. Komt het je bekend voor? Ze wonen er enkele jaren, hebben overal commentaar op en verwachten dat iedereen zich aan hen aanpast. Wat moesten die lui ervan denken als ze met mij optrok?

Misschien verwacht je nu een dramatische ontknoping, maar die moet ik je schuldig blijven. Het was alleen alsof er tussen haar en mij een velletje schuurpapier was komen te zitten. Meer was het niet, maar het schuurde.

Eerlijk gezegd liet Gerda die houding geleidelijk wel varen. In ieder geval probeerde ze het echt en ze begreep maar niet waarom Harold daar soms moeilijk over deed. Maar ik wist wel waarom.

In zijn eigen land stond hij vroeger zelf maar net aan de veilige kant van de sociale streep. Dus waarom zou hij optrekken met mensen zoals ik en het risico lopen om sociaal te worden buitengesloten?

Het was wel gênant, want in Nijmegen waren we normaal met elkaar omgegaan. Hier in Nederland maakt het immers weinig uit of je een licht of donker tintje hebt. Je bent hier wit of je bent het niet, en als je het niet bent dan ben je zwart.

Misschien was dat wel de voedingsbodem voor zijn latere patriottische denkbeelden. Want hij had hier zelf ervaren wat dat stigma soms kon aanrichten. Met de nadruk op soms, hoor Corine, want je wordt er echt niet iedere dag mee geconfronteerd. Maar áls het gebeurt, is het alsof er een olifant op je borst gaat zitten.

Het gekke is dat ik die olifant nooit zie aankomen. Ik kwam bijvoorbeeld jarenlang een aardige mevrouw tegen in de trein. Als er plaats was, kwam ze altijd naast me zitten en dan babbelden we over van alles en nog wat. Vorig jaar reisde mijn neef Jared enkele dagen met me mee. Hij studeerde hier pas en woonde tijdelijk bij me in. De vrouw zat dan meestal op de stoel voor ons.

Op een dag draaide zij zich met een ruk om en begon tegen me uit te varen. Of ik me niet schaamde om 'buitenlands' met de jongen te praten terwijl ik drommelsgoed Nederlands sprak. Respectloos, vond ze dat. En of wij niet beter naar ons eigen land konden gaan als wij zo nodig 'Hottentots' wilden spreken. 'En dan vinden ze het raar dat we ze niet lusten,' zei ze ook nog tegen haar buurman aan de andere kant van het gangpad.

Ik kan niet beschrijven hoe ik me schaamde om in

Jareds bijzijn als schorem te worden afgeblaft! Hoezo terug naar eigen land? De ene zorginstelling na de andere kwam op Curaçao personeel rekruteren. Toen mijn huwelijk op de klippen liep, ben ik erop ingegaan. Nu woon ik hier alweer vijfendertig jaar en al die tijd heb ik mensen verzorgd en begeleid. Dit ís nu toch mijn eigen land?

Ik moest denken aan mijn lieve schoonmoeder Adelfa. Zie je haar nog wel eens op de markt staan met haar zelf gebrouwen *stropi di kalbas*? Toen Rolando en ik nog samen waren, woonde Adelfa twee huizen bij ons vandaan. Daartussen woonde rechercheur Netelenberg en zijn vrouw Annette. Adelfa wilde niet dat wij in hun bijzijn Papiaments spraken. Dat vond ze ongemanierd. Als wij dat onbewust toch deden, riep ze in koor met het echtpaar: 'Hollands... Hollands...'

Veertig jaar had het stel op het eiland gewoond. Het waren hele lieve buren, dat wel. Maar die vanzelfsprekendheid, hè? Dat wij onder elkaar hún taal moesten spreken als zij er toevallig ook bij waren. Het gekke is dat ik nog steeds vind dat het zo hoort. Maar het eenrichtingverkeer voelt niet goed meer. Dan vraag ik me toch af of Harold en die hele groep om hem heen misschien niet een beetje gelijk hebben met die antialleshouding die ze tegenwoordig aannemen.

Ik wil je nog veel meer vertellen, Corine. Ik hoop dat je hierdoor minder krampachtig met je opdracht omgaat. Maar ik moet eerst weten of je deze benadering wel wilt. Zal je het eerlijk zeggen?

Een stevige *brasa* van Astrid.

From Corine Serapio
Subject Vriendenboek
To Astrid Ignecio

Beste Astrid,
Natuurlijk wil ik je een eerlijk antwoord geven. Ik weet wat afwijzing met een mens kan doen, mede dankzij Harold die daar heel bekwaam in was. Het zal best dat zijn houding voortkwam uit die sociale angst om zelf te moeten ervaren wat hij anderen aandeed. Ik lig er niet wakker van dat hij in zijn studententijd een koekje van eigen deeg mocht proeven.

Of dat inderdaad een voedingsbodem was voor zijn latere patriottisme, durf ik niet zomaar aan te nemen. Hij was tenslotte al een paar jaar terug op het eiland voordat hij zijn Europaverering van zich afschudde en luidruchtig de creoolse vlag hees. Uit je mail kan ik hoe dan ook niet opmaken waarom dit alles uit moest lopen op wat jij zijn antialleshouding noemt.

Dat laatste klopt trouwens maar voor de helft. Wit is uit, wat hem betreft, met alles wat erbij hoort. Maar de rest is goed al is het fout. Dat schrijven hij en zijn kornuiten dwingend aan anderen voor terwijl ze hun eigen witte zaakjes ouderwets op orde houden. Een homeopathische mix van huichelarij met een schijntje idealisme.

Ik zit dus niet te wachten op een rechtvaardiging van Harolds doen en laten. Jij had het over je vriendschapsband met Gerda. Ik vertel je nu over míjn jeugdvriendin omdat ik soms ook een omweg nodig heb om iets te zeggen zonder in emotionele voetangels te trappen.

Het gaat over Erika Corano, sinds jaren Harolds trouwste kameraad in Plataforma Kòrsou. Misschien ken je haar nog van de middelbare school. We liepen jou in de pauze expres voor de voeten als je probeerde de aandacht van haar broer te trekken. Anders heb je haar vast wel in actie gezien toen je hier later werkte. Klein postuur, grote bek, vaak gekleed in gewaden van Afrikaans textiel en een kleurige tulband op een vogelnest van nepvlechten.

Erika studeerde communicatiewetenschappen in

Amsterdam en kwam terug als zelfbenoemd bemiddelaar 'bij geschillen van culturele of sociaaleconomische aard'. Vrij vertaald is er stront aan de knikker zodra zij zich ergens mee bemoeit. Binnen onderhandelt de vakbond met de werkgever, buiten staat zij in een megafoon te roepen dat het personeel zich niet door kapitalistische profiteurs laat uitzuigen. Wanneer de vakbondslieden naar buiten komen en een overwinning claimen, springt ze voor de draaiende camera en roept ze schor van emotie dat de dappere werknemers hun eisen hebben aangescherpt en het resultaat van de onderhandelingen verwerpen.

Als maatje van Harold vocht Erika net zo hard als hij om het Papiaments in één klap als voertaal in het onderwijs af te dwingen. Wie daartegen was, zou zich geen landskind mogen noemen. Maar net als Harold leidt deze hoedster van de underdog zelf een ander leven. Ik kwam haar weer tegen toen ik tijdelijk lesgaf op de International School, een Amerikaanse privéschool met een eigen leerplan en een sterk accent op vorming. Vorming op Amerikaanse leest, welteverstaan. Het Papiaments speelt op die school geen enkele rol.

De eerste dag voelde ik me wat opgelaten. Daar

kwam ik in mijn rammelkast, tussen al die statusblikken die kinderen voor de school uitspuwden en geruisloos weggleden. Tot mijn opluchting zag ik Erika aan de overkant parkeren. Ik dacht dat zij net als ik een gastdocente was. Maar ze stapte uit met een manneke van een jaar of vier dat, gezien het aantal decibellen dat hij voortbracht, door zijn moeder naar de grote school werd gebracht.

Het kwam natuurlijk helemaal goed met haar zoontje. Sherwin speelde, at en sliep bij de rijkelui waar zijn moeder de rest van de wereld nog steeds voor waarschuwt. Nu studeert Sherwin *science and technology* in het thuisland van het kapitalisme. Sherwin is niet de enige. Het zal je verbazen hoeveel kinderen er op deze school zitten van ouders die hel en verdoemenis afroepen over alles wat niet krioyo is.

Eén ding moet ik Harold en Erika nageven. Niemand heeft de manier van denken op dit eiland zo ingrijpend beïnvloed als die twee. Ze kregen het voor elkaar dat iedereen die iets bereikte, werd gezien als potentiële schurk. De rest is slachtoffer en krijgt bij eventuele geschillen onvoorwaardelijk gelijk. Het kwam ze goed uit dat de meeste werkgevers nog niet zo lang geleden blank tot lichtgekleurd waren. Zo werden goed en kwaad op dit eiland letterlijk zwartwit.

Je weet natuurlijk net zo goed als ik hoe idioot die scherpe scheidslijn is. De olifant die jij nooit ziet aankomen? Die heeft mij ook vaak ondersteboven gelopen. Soms komt hij van de ene kant van de scheidslijn, dan weer van de andere. Het effect is altijd even verpletterend. Ik vrees het, ik haat het, maar ik laat me er niet door programmeren. Zeker niet door Harold die, als het uitkomt, aan beide kanten van de lijn opduikt.

Ik weet ook niet of jij hierop zat te wachten, Astrid. Ik wil enkel zeggen dat ik wel meeleef met wat jij, mijn neef en anderen hebben doorstaan, maar daarin geen rechtvaardiging zie voor de keuzes van Harold en zijn kongsi. Kort gezegd zie ik het nut er niet van in om je voor dat vriendenboek eerst in zijn situatie te verplaatsen, en zeker niet om mij daarbij te betrekken. Los daarvan ben je natuurlijk vrij om te schrijven wat je wilt.

Groet van Corine.

Zes

Het geluid van een windbuks uit een naburig erf maakt weinig indruk op de langstrekkende geiten. Heel even versnellen ze blèrend hun pas, om drie tellen later net zo sloom weer voort te sjokken, op zoek naar het volgende gat in de afrastering rondom de toch al kale tuinen van de sobere woningen in Westpunt.

Renata en Corine klappen hard in hun handen om de beesten te verjagen als ze hun kop door het hek proberen te wringen. Ze zitten op het piepkleine terras voor Renata's *kunuku*-huisje, een authentiek Curaçaos bouwsel met schuin aflopende buitenmuren, op nog geen tweehonderd meter van de kust.

Ooit stond het huisje moederziel alleen achter de begraafplaats van het dorp. Maar ook nu er allemaal volkswoningen omheen staan, gaat Renata er net zo kalm haar gang als toen ze vlak na haar scheiding in haar eentje ver van de bewoonde wereld woonde.

Een zelfgemaakte totempaal van drijfhout steekt kleurrijk af tegen de grillige vormen van door de zon gebleekte boomkarkassen op haar erf. Knalgele jaloezieën in rode kozijnen springen speels in het oog bij de pas geverfde, groene muren. Zelfs de ronde, stenen tafel op haar minuscule porch heeft ze beschilderd in vrolijke tinten oranje en blauw.

'Ik kan haar niet helemaal ongelijk geven,' zegt Renata als ze hoort hoe fel Astrid op Corines antwoord heeft gereageerd. 'Soms kom je inderdaad wat ijzig over, meissie. Wat maakt het uit dat sommige mensen niet zelf alles doen wat ze roepen? Het gaat erom dat ze kennelijk zwaarwegende redenen voor hun standpunten hebben. Dat is alles wat Astrid wilde zeggen.'

'Maar het is zo verdomd hypocriet.'

'Hoe weet je dat nou? Wie weet had Erika een hele goede reden om haar zoon op een privéschool te doen. Heb je het haar wel eens gevraagd?'

'Jawel. Ze zegt dat de jongen een hele moeilijke start in het leven heeft gehad. Zij kon zich geen risico's met hem permitteren. Het Papiaments op school was nieuw. Geen boeken, geen methodes, niks. Dat vond ze riskant.'

'Nou, dat was dus heel verstandig van haar.'

'Lekker is dat! Je kind behoeden voor een experiment waar je de rest van het eiland in hebt geluisd. En nu heeft niemand er iets mee te maken, vindt ze, omdat die moeilijke start een privékwestie was.'

'Dan moet je dat ook respecteren.'

'Belachelijk! Iedereen had wel een persoonlijke reden om hun kinderen dat debacle te willen besparen. Maar de meeste mensen konden zich geen privéschool permitteren. Nu nog steeds niet.'

'Ik denk dat het voor haar vast een hele moeilijke keuze is geweest.'

Natuurlijk, denkt Corine. Wie zielig doet, kan rekenen op compassie van Renata. Dat is het Mariacomplex dat ze aan de kerstvoorstellingen van school heeft overgehouden.

'Je moet eens wat vaker naar Westpunt komen,' vervolgt haar grote zus. 'De zeelucht zal je goed doen. Als je niet de hele dag bij mij wil hangen, dan neem je maar een duik.' Plagerig slaat ze haar arm om Corine heen als die even later naar haar auto loopt.

'Kom op, joh, je hebt er niks aan om altijd maar je hakken in het zand te zetten.'

'Doe ik dat dan?'

'Niet altijd, lang niet altijd. Het helpt alleen als je vaker probeert te kijken door de ogen van de mensen om je heen.'

'Heilige Renata.'

'Welnee. Probeer het maar eens. Dan leef je in één

keer meer levens tegelijk. Die heb je dan alvast gehad voor het geval er geen reïncarnatie bestaat.'

Corine bewondert de luchtige manier waarop haar zus de spanning uit de lucht weet te halen. Bij het gammele tuinhekje begint Renata quasinonchalant te vertellen over een voorval uit de tijd dat ze in het bejaardencentrum werkte waar Astrid nog steeds de scepter zwaait.

Het was vijf uur in de ochtend en een bewoonster was plotseling ernstig ziek geworden. Renata waarschuwde de waarnemend arts en belde Astrid om te vertellen wat er aan de hand was. Die nam contact op met de familie en kwam zelf naar het centrum om ze op te vangen. Binnen een uur stonden drie volwassen kinderen met hun aanhang in het woonkamertje van de zieke. Astrid had net twee extra stoelen gehaald toen de jonge, nieuwe dokter uit de slaapkamer kwam met Renata in zijn kielzog. 'Mevrouw Dekker is bij bewustzijn en heeft gevraagd om niet opgenomen te worden,' zei hij tegen de kinderen. 'Ze vraagt jullie om haar wens te respecteren. Ik denk niet dat ze de avond haalt.'

Toen de ergste commotie voorbij was, ging Astrid rustig het kringetje rond. Ze beantwoordde vragen en beloofde de kinderen dat ze de verdere dag tot hun beschikking zou zijn. 'Wat loop jij te draaien tussen deze mensen?' viel de waarnemend arts tegen haar uit. 'Doe iets nuttigs. Ga koffie zetten. Ruim dat aanrecht op. En laat de mensen vooral met rust.' Zodra de woorden uit zijn mond waren, zwollen ze op tot er geen lucht meer in of uit de kamer kon.

Corine laat zich niet kennen wanneer Renata plotseling zwijgt. Het gebeurt wel vaker dat haar zus iets voor de helft vertelt en je over de rest in het ongewisse laat. Nieuwsgierig vraagt ze zich af wat Astrid toen gedaan had. Hoe de familie had gereageerd. Hoe de dokter ermee wegkwam dat hij de directrice voor de schoonmaakster had aangezien. En of hij een blanke werkster ook zo zou hebben aangesproken. Voor Renata is dat evenwel niet belangrijk. Het gaat haar erom dat Corine even in Astrids schoenen zou staan.

Zwijgend luisteren de zussen naar het gekrijs van een zwerm parkieten in de enige boom die op het veld naast de woonwijk staat.

'Hebben jullie het er later nog over gehad?' vraagt Corine.

'Natuurlijk niet. Juist het feit dat ik erbij was, maakte het te pijnlijk voor woorden.'

Het is al na zessen als Corine uit het water komt en druipend haar spullen bij elkaar zoekt om naar huis te gaan. Van de zee krijgt ze nooit genoeg. Drijvend op haar rug lost de hele wereld op in het schuimende geluid van de golven. Op die momenten stelt ze zich voor dat haar psyche opnieuw geprogrammeerd wordt. *Your system has been reset. Thank you for your patience.*

Gewoonlijk blijft ze op het strand zitten totdat het zand tussen haar tenen droog genoeg is om het met een handdoek af te kloppen. Maar vandaag niet. Het is link om als vrouw alleen zo laat op een verlaten strand te blijven. Onvoorstelbaar, peinst ze, dat je op je hoede moet zijn voor mensen. Alsof het gevaarlijke dieren zijn.

Terwijl ze plankgas geeft, blijft het woordje 'ijzig' in haar gedachten spoken. Wat zou Renata daarmee bedoelen? Is het ijzig om geen begrip te hebben voor mensen als Harold die hun eigen ervaringen opkloppen tot principes en die vervolgens aan anderen opdringen? Lieden die onder het mom van vaderlandsliefde kinderen kansen ontnemen die ze zelf wel stiekem pakken? Haar eigen leerlingen hebben ieder jaar meer moeite met de examenstof omdat de boeken in het Nederlands zijn en ze de uitleg niet begrijpen. Inmiddels zijn ze echter zo gehersenspoeld dat ze het nut van een inhaalslag niet inzien.

'Ai, juffrouw, dit is toch Natuur en Techniek?

Waarom moeten we nóg meer tijd verliezen met Nederlands?'

'Omdat jullie op de basisschool niet genoeg Nederlands hebben gehad om dit te kunnen volgen.'

'Maar juffrouw, we hebben wel Papiaments geleerd. Bent u dan niet trots op onze cultuur?'

'Zeker. Maar je kan ook trots zijn als je voldoende Nederlands kent om je VWO te halen. Of welke andere taal dan ook. Nu kunnen jullie de opgaven niet maken omdat je het Nederlands niet beheerst.'

'*Até*, juffrouw. Até, até. Ik wist het! Ik wist het! Het Nederlands houdt ons dom.'

Zet het van je af, zet het van je af, spreekt Corine zichzelf toe. Maar hoe harder ze het probeert, hoe duidelijker ze de uitgestreken smoelen voor zich ziet van Harold en zijn kliekje zelfbenoemde patriotten. Nadat ze als ambtenaar de oude basisschool in één zwaai overboord hebben gegooid, bieden ze nu als particulier consultant advies op maat om hiaten op te vullen in het nieuwe onderwijs.

Wie daar iets over zegt, wordt publiekelijk uitgemaakt voor geborneerde reactionair. Na Maritza Gonzalvo, die het nieuwe onderwijssysteem met gatenkaas had vergeleken, hebben weinigen het nog aangedurfd. Zelfs onderwijzers die bij gebrek aan leermiddelen noodgedwongen zelf iets improviseren, passen ervoor om verstoten te worden als een zwarte makamba die zijn eigen identiteit verloochent.

Corine neemt het ze niet kwalijk. Onderling, thuis, en in de beslotenheid van de docentenkamer op school, mag je klagen dat het systeem meer gat dan kaas is – naar buiten toe dien je het evenwel als evangelie uit te dragen. Dat laatste was ze vergeten toen ze in de schoolkrant schreef over intellectuelen die de grond onder de voeten van de jeugd wegschoppen zonder een stevig alternatief te bieden. Wat bij Corine hard aankwam, was niet de felheid van de aantijgingen die volgden, maar het feit dat zelfs haar beste vrienden de andere kant op keken uit angst met een afvallige geassocieerd te worden. Zelfs Renata reageerde terughoudend.

'Over dat Nederlands, hè Corine? Doet het je helemaal niets dat wij over onze tong struikelen om hun taal te spreken en zij geen enkele poging doen om...'

'Eh... nee. Als mensen mijn taal niet spreken, vind ik het juist leuk als ik die van hen wél kan spreken.'

'Die vriend van jou, die Wilfried eh...'

'Vermaas. Een sportmaat. Wat is ermee?'

'Spreekt die Papiaments?'

'Niet dat ik weet.'

'En hoe lang woont die hier al?'

'Eh... een paar jaar, denk ik.'

'Juist. En vind je het niet vernederend dat hij er geen moeite voor doet?'

'Vernederend voor wie? Als een ander zich niet aanpast, zegt dat toch niks over mij?'

'Altijd maar rechttrekken wat krom is. Niet vergeten waar je hart ligt, hè meissie?'

Zonde, vindt Corine, om zo dicht bij de kust te zijn en de slotscène van de dag te missen. Ze vindt het prachtig hoe het licht van kleur verandert als de zon in slowmotion achter de aarde wegzakt. Op dat moment lijken alle ergernissen ineen te schrompelen om plaats te maken voor nieuwe energie. Ter hoogte van Tera Kòrá besluit ze daarom naar Daaibooi te rijden, waar haar sportvriend Wilfried Vermaas een grillterras drijft met uitzicht op de baai.

Wilfried doet het grillterras in zijn vrije tijd. Overdag werkt hij als hoofdopzichter bij een aannemersbedrijf. Een van zijn eerste opdrachten was de bouw van een huis voor Harold Serapio. Ruim tien maanden had Wilfried dagelijks met Harold te maken en hij leerde hem beter kennen dan hem lief was.

Corine kende Wilfried van de badmintonclub waar de leden na afloop de keel smeren terwijl het zweet nog op hun lijven parelt. *Datu* heet de club, genoemd naar de zuilcactus die fier in het droge landschap staat. Wilfried had gehoopt dat hij daar met lokale mensen in contact zou komen. Maar het gezelschap bestaat vooral uit Europese Nederlanders die op het eiland wonen.

Een paar hebben slechts twee biertjes nodig om hun sarcasme bot te vieren op hun nieuwe woonplaats. Anderen zijn hier ongemerkt geworteld, spreken de landstaal zo goed en zo kwaad als het gaat en staan bij onheil als eerste met hun benen in de modder om olievlekken en andere rommel op te ruimen langs de kust. Ondanks deze verschillen hangt er iedere week een sfeer van kameraadschap. Naarmate de avond vordert, gaan er ook meer nieuwtjes over de steeds dikkere tongen en krijgt de waan van de dag meer gewicht.

Wilfried hield zich de eerste weken op de vlakte. Maar na een tijdje stak hij spontaan van wal over een wanstaltig huis dat hij aan het bouwen was. Iedere week kwam de eigenwijze klant met nieuwe ideeën om het nog imposanter te maken. 'Huize Nooit Gedacht,' smaalde Wilfried. 'Zo'n gedrocht met strakke lijnen en sierlijke bogen. Van een zekere Harold Serapio. De klojo had zeker nooit gedacht dat hij zich ooit een eigen huis kon permitteren.'

Wilfried schrok toen de clubleden zeiden dat Harold bij Corine in huis was opgegroeid. 'Rustig maar,' zei Corine. 'Ik ben gewend aan voorbijschietende gif- of liefdespijlen die voor mijn neef bedoeld zijn.' Sindsdien spelen zij en Wilfried bij gemengd dubbel meestal samen en trekken ze af en toe buiten de badmintonclub met elkaar op.

Om haar te jennen, vertelt Wilfried de mafste verhalen over Huize Nooit Gedacht en zijn rare eigenaar. Voor Corine voldoende reden om hem voor het vriendenboek te strikken.

Het grillterras is niet veel meer dan een betonnen vloer op de uitstulping van een rots, met een eternieten dak op dunne houten palen. Houten stoelen in Mondriaankleuren staan om zwarte, ronde tafels die 's avonds worden weggerold. Een kleine container dient behalve als bergruimte ook als keukentje waar de avocado- en maïssalades worden gemaakt en het vlees voor de grill in een pittig gekruide marinade rust. 'Wat moet ik anders?' grinnikt Wilfried als hij vertelt hoe hij het menu heeft samengesteld. 'Ik kom uit de bouw, niet uit de horeca. Dit is een hobby. Maar een blik maïs kan ik wel opentrekken en de avocado wil ook wel lukken. Het vlees sla ik in het groot in en het recept voor de marinade pluk ik van het internet. Meer hebben de lui niet nodig als ze midden tussen de cactussen zitten te eten.'

Op dit uur van de dag is zijn terras wel stil maar niet verlaten. De meeste klanten rekenen haastig af als de *wimpiri's* vlak voor zonsondergang prikkend en bijtend toeslaan. Alleen de fanatiekelingen blijven nog kijken hoe de laatste bleke stralen de wiegende waterspiegel omtoveren in doorzichtig brokaat.

Wilfried komt breed glimlachend bij Corine zitten. Ondanks de dunne, zurige damp die in de hitte altijd om hem heen hangt, mag Corine hem erg graag.

'Zie je die auto daar?' glundert hij. 'Van mij.'

'Ik dacht dat je in een vrachtwagen reed.'

'Ook. Ook. Maar van die marinade heb ik een spiksplinternieuwe auto gekocht. Dat had ik me drie jaar geleden niet kunnen voorstellen. In Schiedam was het vijf kilometer op de fiets naar mijn werk en terug.'

Corine beseft hoe weinig ze eigenlijk van hem weet. Schiedam? Hoe is hij hier terechtgekomen?

'Ik was hier op vakantie,' zegt Wilfried. 'Ze waren net het zwembad bij het hotel aan het repareren. Ik vroeg de aannemer voor de grap of hij nog een paar handen kon gebruiken. Wist ik veel dat hij het serieus nam. Van het een kwam het ander en binnen een paar weken was ik hier terug. Maar ik voel me niet op mijn gemak bij Heldringa Constructie. Nooit eerder een leidinggevende functie gehad en hier ineens, pats boem, word ik opzichter.'

'Kan je daar niet met hem over praten?'

'Met Pieter Heldringa? Hij heeft me niet eens behoorlijk ingewerkt. Het enige wat ie zei was: "Als er iets is, vraag je het maar aan die gozer." Hij wees op een Curaçaoënaar die duidelijk niet op mij zat te wachten. De man was op zijn zestiende begonnen en kent het bedrijf als zijn broekzak. Wie weet de hoeveelste Jan Lul ik ben die eerst een baan voor zijn neus wegpikt en hem dan vraagt hoe het moet.

Pieter zegt dat ik me daar niet druk om moet maken. Dat het hier altijd zo is gegaan en dat de mensen eraan gewend zijn. Dan moet je dat niet verstoren, vindt hij. Op zich misschien waar, maar ik vind het niet... Ik besloot toen om dit erbij te doen. Gewoon voor mezelf, op mijn manier.'

'Als je van dit terras een auto kan kopen, kan je er straks misschien ook van leven,' zegt Corine. 'Dan kan je helemaal uit de bouw stappen.'

'Maar ik zie mezelf niet voorgoed blijven. De mentaliteit van de mensen hier joh... Die is niet bepaald... nou ja.'

Corine herkent de aarzeling in zijn ogen terwijl hij haar onderzoekend aankijkt.

'Wat is ermee?'

‘Ach, een zootje slome lapzwansen zijn ’t hier,’ valt Wilfried uit. ‘Moet je hierachter zien. Daar hebben ze vijf krotjes kriskras op een stuk grond neergezet. Gewoon vóór, achter en naast het hoofdhuis.’

‘Zo raar is dat niet hoor,’ zegt Corine. ‘Het komt wel vaker voor dat volwassen kinderen een huisje optrekken in de *kurá* van hun ouders. Vooral buiten de stad.’

‘Dat zal best,’ werpt Wilfried tegen. ‘Nu zijn ze kwaad dat ik die lap grond ernaast wil gebruiken om er appartementen aan de zeekant op te zetten. Geen greintje dankbaarheid dat ik in deze droge uithoek investeer.’

‘Waarom zouden ze blij zijn als je hun vrije uitzicht wegneemt?’

‘Wie zegt dat het uitzicht van hen is?’ vraagt Wilfried. ‘Er is toch een kadasterkantoor op het eiland? Ik zei dus, laat maar eens zien dat jullie hier mogen wonen en hoe de grens precies loopt. Er kwam een vaag verhaal over erfenissen en geiten die in de omringende *mondi* naar eten moeten zoeken.’

‘Tja, als er steeds stukken mondi verdwijnen, wordt het moeilijk om geiten te houden. Die beesten zijn voor deze mensen ook een soort investering, Wilfried.’

‘Je wil die paar geiten toch niet vergelijken met een

degelijk stuk ontwikkeling? Dat is nou precies jullie probleem, Corine. Altijd maar op de rem trappen. Wel van alles willen, maar er iets voor overhebben? Ho maar. Net als die idiote Harold die alle stranden voor iedereen toegankelijk wil maken. Erfgoed van het volk, roept hij. Denk je dat er dan nog één investeerder zijn geld steekt in de ontwikkeling van het kustgebied? Als je eiland aan de grond zit, moet je een toontje lager zingen.'

'Ai nee, Wilfried, jullie sluiten Scheveningen toch ook niet af als rijke sjeiks daar hotels willen neerzetten?'

Zelfs hierboven, op de klip, hoor je de golven ruisend het strand op rollen en weer opgezogen worden door de zee. Vanavond had Wilfried dat geluid graag wat zachter willen zetten. Corine valt hem tegen. Hij neemt zich voor om zich wat voorzichtiger uit te laten als hij onder de lokale mensen is, maar als hij haar vanuit zijn ooghoeken zo onbevangen naar hem ziet kijken, gaat hij er toch op in.

'In Nederland zou dat niet hoeven, die stranden afsluiten. Maar hier zetten die lui hun schreeuwerige muziek keihard aan. Of ze staan met drie generaties uitgebreid op het strand te koken. Je drijft haast weg op die vette geur van kippenpoten. Het kan ze allemaal niks schelen. Onaangepast gedrag, noem ik dat.'

‘Ik probeer me voor te stellen hoe jullie je in Scheveningen aan de sjeiks zouden aanpassen,’ plaagt Corine. ‘Alle vrouwen in zedige badpakken, niet meer zoenen in het openbaar en geen alcohol op het strand.’

‘Doe niet zo stom. Wij leggen hier toch geen achterlijke normen aan jullie op? Ik heb het over gewone omgangsvormen.’

‘Europese omgangsvormen, bedoel je.’

‘En wat dan nog? Nu even eerlijk, Corine. Je wilt toch niet ontkennen dat Europeanen beschaafder zijn? Natuurlijk zijn er uitzonderingen. Jou heb ik hoog zitten. In Nederland gestudeerd, meen ik. Ach, hè, zo bedoel ik het niet. Sommige mensen hier hebben van zichzelf al een zekere beschaving. Maar ik bedoel in het algemeen. Toch?’

Laat maar waaien, spreekt Corine zichzelf toe. Waarom gaat mijn hart zo stom tekeer? ‘Ze doen het niet expres,’ zegt oom Henry altijd. Corine betwijfelt of oom Henry wel zo nuchter is als hij zich voordoet. In 1999 werd hij door een Rotterdamse documentairemaker geïnterviewd over ‘De ontmoeting van culturen’. De ontmoeting hield in dat de Europeanen het Caribische gebied vijfhonderd jaar eerder hadden veroverd.

Oom Henry dacht dat hij zijn emoties in bedwang

kon houden als hij goed was voorbereid. Hij schreef van tevoren enkele zinnen op en oefende de hele dag. Zelfs Corine kon de zinnen dromen. Maar bij de opname vielen de woorden als vierkante stenen uit oom Henry's mond. 'De Europeanen,' begon hij met overslaande stem, 'zijn onuitgenodigd alle continenten binnengetrokken en hebben gepakt wat ze pakken konden. Ze zijn zo zeker van hun superioriteit dat ze die misdaden niet als misdaden zien. Kijk in hun geschiedenisboeken. Daarin beschrijven ze zichzelf als helden en hun slachtoffers als ellendelingen.'

'Nou Corine, zeg eens wat,' zegt Wilfried.

'Het wordt al laat. Zullen we afrekenen? Ik moet naar huis.'

'Hè, zie je wel? Nu lijkt het net alsof ik zo'n ongevoelige makamba ben.'

'Dat ben je helemaal niet, Wilfried. Daar word ik juist zo moedeloos van. Dat er hele goede mensen zijn, die au fond hetzelfde denken als hele foute mensen.'

Alweer niet goed, mokt Wilfried terwijl hij de tafels en stoelen met dikke kettingen aan elkaar vastzet. Hij vraagt zich af of het hem ooit lukt om de juiste snaar te raken bij deze mensen. En of het überhaupt zin heeft om daar zijn best voor te doen.

Laatst nog. Hij ging een nieuwe airco kopen. Achter in de winkel stonden vijf verkopers druk met elkaar te praten en te lachen. Hij riep *bondia*, want je moest het niet wagen om ergens binnen te stappen en geen goedendag te zeggen. Hij wachtte een paar minuten en groette nog een keer. Geen reactie. Hij vroeg zich af of het te laat was voor bondia want het was al bijna middag. Hij probeerde het met *bontardi.* Niemand keek op of om. Pas toen hij geïrriteerd vroeg of hij de baas mocht spreken, slenterde een verkoper naar hem toe.

'Jaaa?' geeuwde die.

Bij Wilfried sloegen de stoppen door. 'Hoezo, "jaaa"?' brulde hij. 'Ik sta hier al vijf minuten te wachten tot jullie uitgekakeld zijn. En het enige wat je kan zeggen is "jaaa"?'

'Wil je iets kopen?' vroeg de verkoper onverstoorbaar.

'Valt er hier soms iets anders te doen?'

'Als meneer wil schreeuwen, moet meneer thuis tegen zijn moeder schreeuwen.'

'Ze kunnen de pot op,' zegt Wilfried tegen een wegschietende krab. 'Corine Serapio incluis.' Hij neemt zich voor om haar een pittige mail te sturen. Dan mag ze die wat hem betreft voor dat vriendenboek gebruiken.

Zeven

Op de vrouwenafdeling van het verpleeghuis wordt het voorafje klokslag elf uur rondgebracht. De overheersende geur van desinfecterende middelen uit de nabijgelegen toiletten doet iedere poging van het prei- en wortelwatertje teniet om zelfs maar een beetje naar soep te smaken.

Geïrriteerd duwt tante Elba haar oordopjes dieper naar binnen om het blikkerige geluid uit de speakers te dempen. Wat haar betreft mag de radio uit, maar met vier mensen op de zaal heeft ze het niet voor het zeggen. Misschien is het ook maar beter zo, bedenkt ze. Zolang dat ding aanstaat, kan ze doen alsof ze de anderen niet verstaat.

De twee zussen in de middelste bedden proberen haar steeds uit haar tent te lokken. Stiekem vergelijkt tante Elba de identieke zussen met de animatievogels Heckle en Jeckle. Net zo lelijk en brutaal. Gelukkig heeft ze tenminste nog het bed kunnen bemachtigen dat bij de ingang tegen de betegelde wand staat. De schimmel in de voegen neemt ze op de koop toe. Als ze maar niet aan de andere kant van de zaal hoeft te liggen, naast de oude Chaya.

Chaya Eusebio was zestien toen ze als hulp bij de moeder van tante Elba ging werken en vooral voor de kleine Elba moest zorgen. Nu ligt ze drie bedden verderop en ziet ze erop toe dat haar oogappel niets tekortkomt. 'Als kind kwam ze altijd bij mij in de bijkeuken eten,' verzekert ze iedereen die het maar horen wil. 'Mevrouw zaliger zag dat door de vingers omdat ik altijd iets speciaals voor haar dochter klaarmaakte. Aan minder was mijn prinses niet gewend.'

Dat is het teken waarop de twee oude zussen wachten. 'Wat doet je prinses dan in dit armoedige tehuis?' rochelt er een terwijl de andere een snerpende lach uitstoot. Op zulke momenten draait tante Elba haar gezicht onopvallend naar de muur. Ze ademt diep met opengesperde mond, in de hoop dat de schimmel op haar longen slaat en haar spoedig uit dit leven bevrijdt. Soms slaat ze quasiverveeld een tijdschrift open, of ze belt met veel aplomb haar zoon met een mobieltje zonder beltegoed.

Vandaag lijkt tante Elba humeuriger dan ooit. Dat lef van die Corine. Wekenlang laat ze niets van zich horen. Vanmorgen belt ze om te zeggen dat ze strakjes langskomt. Ze wil weten waarom Harold zich zo opwindt als het over Maritza Gonzalvo gaat. Wat er toch is, tussen die twee.

Hoe durft ze, die Corine. Als kind al. Altijd haantje-de-voorste. En expres voordringen als er bezoek was. Vooral als de dames op woensdagmiddag canasta kwamen spelen. Dan wilde zij per se koekjes ronddelen of even naar het spel zitten kijken. De dames deden dan hun uiterste best om toch iets aardigs over haar te zeggen. En juist Norma en Renata, met wie je voor de dag kon komen, bleven in hun kamer hangen. Om van Harold maar niet te spreken. Die kwam niet eens gedag zeggen. Maar dat is een jongen.

Voor de zoveelste keer tast tante Elba onder haar kussen. Gelukkig. De brief ligt er nog. De idiote brief die Harold aan Gerda had geschreven toen zij hem dreigde te verlaten.

Gerda dacht dat Harold een verhouding met Maritza had en besloot om voorlopig uit huis te gaan. Harold was volledig van de kook. Hij beschuldigde zijn moeder ervan dat zijn huwelijk door haar schuld gevaar liep. Tevergeefs probeert tante Elba de herinnering aan dat telefoongesprek te verdringen.

'Zie je wat ervan komt?' viel Harold uit. 'Gerda is mijn vrouw. Ik zal haar exact vertellen hoe het allemaal zit. Als ze niet aan de telefoon wil komen, dan schrijf ik 't haar wel. Deze flauwekul moet een keer afgelopen zijn.'

'Niks daarvan. Je hebt het recht niet om mijn persoonlijke geschiedenis op te rakelen.'

'Jouw geschiedenis? En wat dacht je van de mijne? Je denkt toch niet dat ik mijn vrouw laat gaan vanwege jouw benepenheid?'

'Een man spreekt zijn vrouw aan op haar jaloezie. Dat is wat een man moet doen. Hij gooit niet de goede naam van zijn moeder te grabbel.'

'Zelfs voor een fossiel ben je ouderwets,' schreeuwde Harold voordat hij de verbinding verbrak.

Hij schreef zijn vrouw, maar Gerda weigerde de brief te lezen en gaf hem ongeopend aan zijn moeder. Wat ze toen zei, zal tante Elba nooit vergeten. Onvergeeflijk, vond ze het zelfs. Maar ze was opgelucht dat ze de brief in handen kreeg en deed alsof ze de opmerking van haar schoondochter niet begreep.

Geen cachet meer, mompelt tante Elba. Alles wat ik mijn zoon heb geleerd, is weg. Allemaal schijn, vindt hij. Dat is ook zo. Maar hij heeft het in zijn hoofd gehaald dat alle schijn verkeerd is. Hij heeft gemakkelijk praten, ja. Want nu is hij een hele meneer.

Niet de meneer waar ik als moeder van gedroomd heb, de hemel beware me. Maar meneer genoeg om af te geven op de schijnwereld waar hij alles aan te danken heeft. Een goed milieu, een nette buurt, een fijne school.

Natuurlijk weten mijn vriendinnen meer dan ik verteld heb. Maar verder dan wat hatelijke toespelingen is het bij hen nooit gekomen. Dat doe je niet als je zelf ook iets te verbergen hebt. Je vriendinnen moet je daarom zorgvuldig uitkiezen. De rest is een kwestie van decorum. Schijn en decorum. Dat houdt elkaar in evenwicht. Dat houdt het leven in evenwicht.

'Heeft u het warm, mevrouw Serapio?' vraagt de hoofdzuster. 'U bent zo rusteloos vandaag.'

'Natuurlijk heb ik het warm onder dit laken. Er zit nylon in. Lakens moeten van katoen zijn. Fijn Egyptisch katoen.'

De hoofdzuster schudt snel haar spichtige schouders los en schuift haar knokige linkerhand voorzichtig onder tante Elba's schouders.

'Wacht, ik zal uw kussens een beetje opschudden zodat uw rug tenminste...'

'Blijf van mijn kussens af.'

'Rustig maar, rustig maar. Ik wil de kussens alleen een beetje...'

'Blijf met je handen van mijn kussens af, zeg ik.'

'Oké, maar u hoeft toch niet te schreeuwen? Ik versta het ook wel als u normaal praat.'

'Leer eerst je personeel om normaal te praten. Die komen hier tegen ons jijen en jouen alsof we samen op school hebben gezeten.'

'Als u er last van heeft zal ik ze zeggen om u voortaan met mevrouw aan te spreken. Is dat goed?'

'Moet ik er eerst last van hebben? Omgangsvormen zijn er om te voorkomen dat je last hebt van elkaar.'

'Jammer genoeg krijgt niet iedereen ze van thuis mee, mevrouw Serapio. Ik kan er pas wat aan doen als er iets gebeurt dat niet door de beugel kan.'

'Dan is het te laat. Zonder goede manieren horen ze hier niet te werken.'

'Kom, kom, mevrouw. Niet zo hardvochtig. Iedereen heeft toch het recht om vooruit te komen? Probeer nu maar even te slapen en niet meer te piekeren.'

Maar tante Elba laat zich niet zomaar van haar stokpaardje afbrengen en foetert in gedachten verder. Tegenwoordig ga je pas vooruit als je geen decorum hebt. Zoals die stommelingen in de politiek die de atmosfeer vervuilen met hun mentale diarree en de radio als openbaar toilet gebruiken. Barbaren zijn het. En dat zootje noemt zich leiders. Alles wat er in hun hoofd opkomt, spuiten ze er meteen weer uit. Een drab van afgunst is alles wat ze produceren. Niets meer.

En het volk maar klappen. Eindelijk iemand die de dingen zegt zoals ze zijn, denken de mensen. Wat hebben ze een plezier als die barbaren de elite onderuithalen. Je hoort ze haast likkebaarden in die praatprogramma's waar nietsnutten anoniem hun gal spuwen. En dan? Ach, dan doen ze alles om zelf op die vrijgekomen voetstukken te klimmen. Want daar zit je hoog en droog. Denken ze. Totdat ze zelf het mikpunt van de smurrie worden. Tja, als het decorum eenmaal wegvalt, is niets of niemand veilig. Hooguit kan je zelf ook met modder gaan gooien om de ander nog wat viezer te maken. En dat doen ze dan ook naar hartenlust. Mijn zoon incluis.

Corine aarzelt in de deuropening als ze haar tante scheefgezakt in bed ziet liggen. Het verbaast haar dat zij zo onbevangen in deze drukte ligt te slapen. Haar mond hangt half open, het beddenlaken ligt in een prop aan het voeteneinde en haar morsige nachtjapon is zo ver omhooggekropen dat de loszittende luier duidelijk zichtbaar is. Ik had niet veel langer moeten wachten, denkt ze. Waarom heeft niemand mij verteld dat ze zo hard achteruitgaat?

Aan de andere kant van de zaal ziet ze Chaya druk naar haar gebaren om dichterbij te komen. Vandaag laat Chaya de gebruikelijke beleefdheden achterwege. 'Ach, Corine. Het gaat vandaag niet goed met haar. Kijk nou toch. Ze heeft het hier zo moeilijk. Kunnen jullie haar niet thuis verzorgen, mijn kind? Wat zou jullie moeder ervan vinden als ze ziet waar jullie haar lieve schoonzus hebben achtergelaten?'

Terwijl Corine haar irritatie bedwingt, vertelt Chaya dat tante Elba vanochtend een telefoontje kreeg waar ze erg onrustig van werd. 'Ze bleef maar mopperen en draaien in dat bed. Toen je binnenkwam was ze net in slaap gevallen. Daarom riep ik je. Als je nu aan die lakens trekt, is ze zo weer wakker.'

De twee oude zussen zitten fluisterend op de rand van de middelste bedden, hun hoofden dicht bij elkaar. Als Chaya zwijgt, kijken ze om met een angstige uitdrukking op hun anders zo spottende gezicht.

'Is er iets?' vraagt Corine.

Met haperende stem vragen ze haar om een zuster te halen. 'Ze snurkt niet meer. Ze ligt er zo raar bij. Er is iets niet goed met haar.'

Corine en de oude Chaya verroeren zich niet. De

lucht rondom tante Elba lijkt dunner te worden totdat hij als een stolp om het smalle figuurtje hangt dat op het bed ligt uitgespreid. Uit de radio van de slaapzaal probeert een wals boven het gekraak op de achtergrond uit te komen. Dan gooit Chaya haar hoofd achterover terwijl ze minutenlang geluidloos gilt. Niemand hoeft de dood te constateren. Ze weten dat tante Elba vertrokken is.

Acht

Het is nog vroeg als de Serapio's hun overledene komen halen om haar voor de uitvaart over te brengen naar de kapel van Bottelier. Terwijl Harold met de dames van het centrum overlegt over het moment van vertrek, staan Gerda, Edwin en Renata rondom de open kist om te kijken of alles goed verzorgd is. Snel drapeert Renata wat bloemen om haar overleden tante heen om de kist wat op te vullen. 'Ze weegt niets,' fluistert Gerda. 'Als de lijkwagen niet besteld was, had Harold haar met kist en al onder de arm kunnen meenemen.'

Sloom schuifelt de begrafenisondernemer de rouwkamer binnen om Harold sterkte te wensen. Met zijn slappe onderkin, die als een balzak voor zijn kraag hangt, lijkt hij jaren ouder dan zijn vroegere schoolvriend.

De begrafenisondernemer was een van de eersten die een bijdrage aan het vriendenboek geleverd hadden. Het werd een beleefd A-viertje waarin hij vooral de leiderschapskwaliteiten prees die Harold al op jonge leeftijd had getoond. Toch wilde hij Corine per se spreken voordat hij het definitieve resultaat zou mailen.

'Het leven is maar kort, hè, Corine? Jammer dat ik na school nooit meer iets van jou heb gehoord. Heel jammer vind ik dat.'

'Hadden wij op school soms wel contact met elkaar?'

'Ik begrijp heel goed waarom je dat zegt,' knikt hij ernstig. 'Vroeger wist ik niet beter, weet je? Nu schaam ik me dat ik zelfs de namen niet meer weet van bepaalde kinderen die bij mij op school zaten.'

Corine was niet in de stemming om hem te ontzien. 'Bepaalde kinderen. Wat zeg je dat mooi.'

'Je weet wel, donkere kinderen.'

'Zoals ik.'

'Zoals jij. En ook die Portugese en Arabische kinderen in de klas. Die telden voor ons ook niet mee. Hoewel ze net zo erg op de anderen neerkeken als wij.'

'En waarom moeten we het daar nu over hebben?'

'Omdat het vriendenboek over Harold gaat. Ik wil zeggen dat ik geen haar beter was dan hij en dat het me spijt. Ik zou het allemaal graag over willen doen.'

'Wat let je? Harold heeft een streep getrokken...'

'Ach nee. Onder die streep is ie op dezelfde voet

doorgegaan. Alleen in omgekeerde richting. Mensen die hij vroeger niet zag staan, zet hij nu op een voetstuk. Ik heb geen geduld meer voor die onzin,' zegt hij getergd. 'Ik zit al dertig jaar in deze business, weet je? Al die families die hier afscheid komen nemen van hun dierbaren... als het erop aankomt, maken die paar pigmenten meer of minder geen barst uit.'

Het is rustig op de weg als de begrafenisstoet het viaduct naar de Julianabrug op rijdt. Vanaf de parkeerplaats van de autobussen kijken nieuwsgierigen toe in de hoop een bekende in de stoet te zien. Alleen Karpata, de bejaarde drugsverslaafde die tegenover het Renaissance Hotel onder een betonnen bankje woont, neemt zijn pet af en blijft roerloos staan totdat de lijkwagen uit het zicht verdwenen is.

Op de parkeerplaats bij Bottelier schalt de muziek uit een van de weinige wagens die bij de rouwkapel staan. Het is de pick-up van Oswin Eusebio, kleinzoon van de oude Chaya die ontroostbaar in het verpleeghuis achterbleef. Beschaamd doet Oswin zijn radio uit als de stoet een paar meter voor zijn pick-up tot stilstand komt. Hij fatsoeneert zijn stugge wenkbrauwen gauw met wat speeksel, pulkt aan de stropdas die om zijn brede hals knelt en wacht totdat de familie binnen is. Behalve Harold herkent hij alleen Corine. Als jonge knul zag hij haar vaak bij haar wela op het tuinhek zitten. Het viel hem op hoe rustig het kleine meisje in haar eentje voor zich uit kon zitten kijken.

Oswin is door Chaya grootgebracht. Grootmoeder en kleinzoon hokten in een houten aanbouwsel van een bouwvallig, stenen huisje waar een alleenstaande moeder woonde met haar pientere dochtertje Denise. Pas achteraf besefte Oswin hoe bijzonder het was dat de moeder hem ook een bord eten gaf als hij thuis niets had gehad. Om de kost te verdienen haalde zij te voet het strijkgoed op van dames in naburige wijken. Zo kon ze voor verschillende families tegelijk werken en overdag zelf voor haar kind zorgen. Als ze 's avonds weer op pad moest om het gestreken goed terug te brengen, lette Oswin op Denise. De levenslust van de kleine Denise deed hem verwonderd denken aan het eenzame figuurtje op het tuinhek om de hoek.

Als Chaya aan het werk was, hing Oswin bij de snackbar rond naast Wela's huis. Na elk biertje werden de klanten deskundiger op meer gebieden en drongen ze hun wijsheid aan elkaar op in steeds grovere bewoordingen. Dan maakte Oswin een praatje met Corine om haar aandacht af te leiden.

Thuis vertelde Corine in geuren en kleuren van haar nieuwe grote vriend. 'Ata,' plaagde Norma, 'je bent verliefd.' Mamai greep onmiddellijk in toen tante Elba haar vertelde wie die Oswin wel was. Die kreeg op zijn beurt een draai om de oren van zijn grootmoeder en het bevel om uit de buurt van het meisje Serapio te blijven.

Corine schrok van zo veel heisa. 'Wat heeft Oswin dan gedaan? Hij mag toch wel met me praten?' Mamai aarzelde. Tante Elba perste haar roze gestifte lippen op elkaar en liep gedecideerd de kamer uit. Haar gedachten zweefden als een sleepreclame achter haar opgeheven hoofd.

Nu kijkt Oswin tersluiks om zich heen. Afgezien van een handjevol familieleden die aan beide zijden van de glanzend witte kist zitten, zijn er nog geen twintig mensen in de kleine rouwkapel. Tevergeefs wapperen de dames met een waaier om de hitte wat draaglijker te maken. Een groepje mannen zit met het gezicht in rouwstand moppen te tappen om de tijd te verdrijven. Oswin knikt naar vage bekenden en vraagt zich af hoe hij er zo gauw mogelijk tussenuit kan knijpen. Hoewel hij nu eindelijk onopvallend naar Corine kan zitten kijken. Mooi, zoals haar wijd uitstaande krullen het zonlicht filteren dat door het ronde glasraam naar binnen schijnt. De rest van de familie kan hem gestolen worden.

Hij vindt het tenenkrommend zoals Harold de mensen om de hals valt als ze hun deelneming komen betuigen. Alsof het iemand ook maar een fluit kan schelen dat die feeks het loodje heeft gelegd. Oswin zeker niet. Hij is hier omdat hij van zijn grootmoeder houdt zoals een Italiaanse man van zijn mama. En Chaya had erop gestaan.

'Ik was een deel van de familie, Oswin. Wat moeten ze wel niet denken als er niemand namens mij naar de begrafenis gaat?'

'Schei toch uit, *machi* Chaya. Hoezo deel van de familie? Die band ging niet verder dan de keuken en het toilet. U was daar gewoon dienstmeid. Twaalf uur per dag.'

'Dienstmeid? Ik verzorgde Elba. Natuurlijk moest ik de handen uit de mouwen steken als zij op school zat.'

'En 's avonds blijven tot zij sliep. Dat alles voor een hongerloon.'

'Schaam je. Als Elba mij al die jaren niet geholpen had, had ik jou in je blootje naar school moeten sturen.'

'Dat was misschien niet eens zo gek geweest.'

Hoewel hij groter was dan Harold, droeg Oswin kleren waar Harold al was uitgegroeid. Van Chaya moest hij altijd even mee naar de Serapio's als hij een lading kleding en schoenen had gekregen. Dan riep Elba haar zoon erbij om het resultaat van hun vrijgevigheid te laten zien. 'Niet vergeten, mijn kind, als je een ander kan helpen, moet je het nooit laten.' Voor Oswin was dat het sein om met zijn mondhoeken even zijn oren aan te tikken en dank u wel mevrouw te zeggen.

Heet het trouwens helpen, vraagt hij zich nu af, als iemand overtollige spullen aan een ander geeft om zijn eigen uitpuilende kasten op te ruimen? Hij neemt zich voor om zijn grootmoeder niet met zijn abjecte gedachtespinsels te treiteren. Misschien is het wel een goed thema voor dat zogenaamde vriendenboek waarover Corine hem had gebeld.

Oswin vindt het leuk dat Corine aan hem gedacht had. Toch verbaast het hem dat ze hem ervoor vroeg.

'Harold is mijn klant,' zei hij. 'Ik verzorg het geluid bij al zijn lezingen en congressen. Maar we zijn nooit vrienden geweest. Je weet toch dat mijn grootmoeder Elba's dienstmeid was?'

'Doe niet zo raar,' probeerde Corine. 'Dat is voor Harold toch geen punt meer?'

'Voor hem niet, voor mij wel. Ik ben de echte Harold niet vergeten.'

'Ach, doe me een plezier en schrijf wat op. Ik maak er zelf wel een verhaal van.'

Dat komt nog wel een keer, denkt Oswin. Nu smeer ik 'm. Gesterkt door zijn kloeke besluit springt hij op en slaat met zijn hoofd tegen de onderkin aan van zijn vroegere buurmeisje.

'Denise. Wat doe je hier?'

'Je grootmoeder heeft gelijk,' stamelt zij. 'Je hebt een hard hoofd. Ik kom de familie condoleren en namens Chaya controleren of jij er wel bent.'

Het is voor Oswin een enorme geruststelling dat Denise als arts voor de bewoners van het verpleeghuis zorgt. Soms ziet hij het spichtige, kleine meisje weer voor zich als Denise bij Chaya's bed staat met tientallen piepkleine vlechtjes boven de witte doktersjas.

'Ik ga net weg hoor,' fluistert hij als Denise naast hem gaat zitten.

'Als je nog even blijft, zal ik Chaya niet vertellen dat je vóór de uitvaartmis wilde weggaan.'

Met gedempte stem becommentariëren ze het stille tafereeltje voor in de kapel. 'Ken je Gerda?' vraagt Denise. 'Rechts vooraan, opgestoken paardenstaart. Zij was mijn contactpersoon.' Vandaag zit Gerda met haar arm om de schouders van een oude man die steeds dieper in zijn veel te wijde kraag wegzakt. Waarschijnlijk de broer bij wie Elba in huis was, denkt Oswin. Denise wijst met haar kin in de richting van de drie vrouwen aan de andere kant van de kist. 'De Serapio-zussen, neem ik aan.'

'Wist jij dat ze een vriendenboek voor Harold aan het maken zijn?' vraagt Oswin. 'Ik wist niet dat zoiets bestond.'

'Daar zouden ze me binnenkort over bellen,' zegt Denise geïrriteerd. 'Of ik kan vertellen hoe Harold met zijn oude moeder omging. Alsof ík dat weet. Hij kwam nooit als ik er was. De enkele keren dat we elkaar zagen liet hij nooit blijken of hij mij van toen herkende.'

Oswin haalt zijn telefoon tevoorschijn en begint druk te sms'en. Hij heeft weinig zin om te denken aan wat zich op Denises vijftiende verjaardag had afgespeeld.

Die dag mocht Denise een paar oorbellen uitkiezen bij Spritzer & Fuhrman, een deftige juwelierszaak in de Breedestraat. Oswin bood moeder en dochter aan om ze in zijn opgelapte pick-up naar de stad te rijden. Ze stonden met zijn drieën voor de etalage toen Harold met een groep vrienden aan kwam lopen.

'Hé, Harold,' groette Oswin.

'Hallo... eh...'

'Oswin.'

'Ah, Oswin. Wat doe jij hier?'

'Mijn buurmeisje en haar moeder willen iets moois uitzoeken.'

Langzaam liet Harold zijn taxerende blik over de dames glijden, van top tot teen en weer terug. 'Zeg tegen je buurvrouw dat ze hier niet op krediet verkopen, Oswin.' En weg was hij.

Wat zit ik hier te doen, mijmert Corine. Condoleances in ontvangst nemen voor een tante die nooit onder stoelen of banken heeft gestoken dat ik haar ideale familieplaatje heb verstoord. Mooi weer spelen met familie die daar als het uitkwam ook in meeging. En ik alles maar normaal vinden. Me schuldig voelen zelfs. Begrip opbrengen voor de situatie. Alles voor de goede vrede. En voor het gemak, als ik eerlijk ben. Want wie moet ik precies iets kwalijk nemen?

Vanuit haar ooghoeken ziet ze Oswin naar haar kijken. De knappe, lieve, begeerlijke Oswin, die toenadering zocht toen ze daar oud genoeg voor was en die ze keer op keer ontweek. Ondanks zijn magnetische lippen en zoete geur van kokosolie die het bloed door haar lijf joegen. Bang voor bonje in de familie? Of vond ze hem stiekem zelf niet goed genoeg?

Corine schrikt op als de pastoor de aanwezigen vraagt om op te staan. Het is tijd om één voor één afscheid van de overledene te nemen voordat de kist gesloten wordt. Als ze in de korte rij aansluit, pakt Norma haar hand stevig vast.

'Wat is er, wat is er?' vraagt Corine verschrikt. Ze praat al jaren op haar zus in om iets aan haar gewicht te doen en is bang dat ze door de hitte onwel is geworden. Nerveus dept Norma haar hals af met een grote witte zakdoek die ze tussen haar borsten vandaan tovert.

'Ik moet je iets zeggen, Corine,' fluistert ze. 'Weet je nog, vroeger, dat de mensen dachten dat jij geadopteerd was? Het is niet waar dat tante Elba dat gerucht had verspreid.'

'Hè? Waar komt dit vandaan? En wie had dat verhaal dan wel verzonnen?'

'Eh... ik. Herinner jij je juffrouw Stronk? Ze gaf geschiedenisles. Ik was vreselijk bang dat de kinderen te weten kwamen dat ik ook van die ondankbare slaven stamde waarover zij vertelde. Onbetrouwbare mensen met domme gebruiken die ze maar niet wilden afleren. Daar wilde ik niet bij horen, Corine. Begrijp je? Omdat je zo bruin bent, zei ik dat jij niet mijn echte zusje was.'

'Norma!'

'Sh, niet zo hard. Jij deed altijd alsof het je allemaal niets kon schelen, weet je nog? Als kind geloofde ik dat. Want die slaven hadden toch geen ziel en omdat jij uiterlijk een beetje op hen leek... Ik dacht dat je niets voelde.'

Niets voelen? De herinnering aan kleine paarse bloemetjes op een versleten bedsprei dringt zich in volle hevigheid aan Corine op. Hoe vaak had ze als kind niet met gebogen hoofd voor haar bed geknield? Jaren had ze gebeden om iedere dag een pietsie witter te worden.

'Wat mij betreft moet jij je straks diep gaan schamen,' sist ze tegen Norma. 'En waarom kom jij daar nú ineens mee?'

'Want Mamai heeft tot haar dood gedacht dat tante Elba hierachter zat. Ze heeft het haar nooit vergeven. Maar jij kunt nu in vrede afscheid van haar nemen voordat het deksel van die kist straks op haar snuit valt.'

Hoor ik dit wel goed? vraagt Corine zich af terwijl een snorkende lach haar keel ontsnapt. In de veronderstelling dat ze het te kwaad heeft, slaat Edwin een troostende arm om haar heen. Gauw bedekt Norma haar mond met beide handen om haar lachen te bedwingen. Als Roy dat ziet en Norma een grote zakdoek aanreikt, vallen de zussen elkaar met schokkende schouders en gierende uithalen in de armen. Harold is er heimelijk trots op dat zijn nichten zo aangeslagen zijn door de dood van zijn moeder. Gerda is met stomheid geslagen. Je denkt dat je ze kent, peinst ze, maar dan borrelen er ineens emoties op waarvan je niet eens wist dat ze er waren.

Die zondagmorgen gaat bij Oswin voor de tweede keer de telefoon.

'Oswin', zegt Denise, 'je grootmoeder is een koningin.'

'Weet ik. Ik ben een prins.'

'Het spijt me verschrikkelijk, Oswin,' zegt Denise met dichtgeknepen stem. 'Chaya is vanmorgen overleden.'

'Hoe kom je daarbij?' stelt hij haar gerust. 'Ze heeft me net gebeld om haar nette witte jurk te brengen. Er zou een speciale gelegenheid zijn.'

'Awel, die is er nu. Bij het ontbijt op de patio nam ze alleen een beetje thee. Daarna wilde ze naar de zaal. Het was tijd om te sterven, zei ze.'

Langzaam laat Oswin zich langs de koelkast op de vloer zakken. Met zijn voet stoot hij de keukendeur open om zijn twee jonge boxers, Bubu en Chichi, binnen te laten. Hij wil ze omhelzen, wil dat ze hem omhelzen, staat bij gebrek aan beter toe dat ze de tranen van zijn gezicht likken.

Met grote tegenzin laat hij Denises woorden tot hem doordringen. Zijn grootmoeder had haar rozenkrans uit het nachtkastje gepakt en was kalm op haar bed gaan liggen. Ze riep de Heilige Maria aan om met haar mee te bidden, prevelde enkele weesgegroetjes, sloot haar ogen en stierf.

'Maar waar was jij, Denise? Wat heb jij toen gedaan?'

'Toen ze me belden was het al voorbij.'

'Ai nee, ai nee, nee nee.'

'Waarschijnlijk had ik toch niets voor haar kunnen doen, Oswin. Dit heb ik nog nooit meegemaakt. De dood komt niet op afroep. Behalve misschien bij een koningin.'

NEGEN

Wie stuurt er op dit uur een mail, vraagt Corine zich af als ze het plofje in haar inbox hoort. Van slapen komt er voorlopig toch niets en ze slentert naar haar kleine inloopkast, een holletje van nog geen drie vierkante meter, die Edwin voor haar als computerhoek inrichtte toen ze na haar studie uit Nederland terugkwam. 'Ik uit de kast, jij erin,' had haar broer gezegd. Ze hadden erom gelachen hoewel ze zich stiekem afvroegen hoe en wanneer precies het leven hen van het vertrouwde pad had afgeslingerd.

Inmiddels wil Corine graag in een echte studeerkamer werken. Maar zolang haar dochter dit huis als uitvalsbasis gebruikt voor haar knipperlichtrelaties, vindt ze het moeilijk om de tweede slaapkamer voor zichzelf in te pikken. Ze vraagt zich af of haar dochter anders in het leven had gestaan als haar vader niet onmiddellijk na haar geboorte de plaat had gepoetst. Als haar eigen familie tenminste een nieuwe groepsfoto had gemaakt waarop haar kind ook had gestaan. En als Mamai anders had gereageerd toen Corine vertelde dat ze zwanger was van Royston.

'Jij? Net jij? Je bent de intelligentste van mijn kinderen,' had Mamai gefulmineerd. 'Hoe kan je zoiets achterlijks doen! Je leven weggooien voor zo'n klaploper!'

Zo'n furie had Corine niet zien aankomen. Ze had verwacht dat haar moeder in huilen zou uitbarsten, en dat ze na de eerste schok toch haar denkbeeldige krijtje zou oppakken om haar dochter te leren wat ze nu in de eerste, tweede en derde plaats moest doen zodat alles weer goed zou komen. Had ze daar niet stiekem op gerekend toen ze zich een tijdje liet meeslepen door Harolds retoriek om alle uitheemse patronen los te laten en een eigen levenspad te volgen?

'Mamai, ik weet wat ik doe.'

'Je weet wat je doet? Jij weet helemaal niks. Je bent pas 24.'

'En bijna klaar met mijn studie. Royston trekt bij mij in en zorgt voor de baby wanneer hij kan.'

'Royston? Royston zorgt voor niemand want Royston ís niemand. Net zomin als zijn vader en zijn grootvader en zijn broers. Kinderen fokken als konijnen en net zo snel weer opkrassen, dat is wat zij doen.'

'Zoals uw eigen vader, bedoelt u.'

De mep kwam zo hard aan dat Corines oren suisden. Het duurde even voordat ze verstond wat Mamai aan het zeggen was.

'...geprobeerd om onze dochters te behoeden voor overhaaste zwangerschappen. En nu dit.'

Corine bond niet in. 'U bent zelf anders goed terechtgekomen zonder vader.'

'Wela was 36. Een volwassen vrouw die dolgraag kinderen wilde. Zíj wist wat ze deed. Dat is heel wat anders dan die slettebakken zoals jij die voor de eerste de beste schoft...'

'Até! Ziet u wel? U kunt wel doen alsof, maar uw vooroordelen komen altijd wel bovendrijven.'

'Dit zijn geen vooroordelen, Corine. Het zijn feiten.'

'En tante Elba dan? Is zij ook een slettebak?'

'Let op je woorden, zeg ik je. Tante Elba ging niet voor de eerste de beste Royston op haar rug liggen. Zij probeerde tenminste een gerespecteerde man te strikken om sociaal vooruit te komen.'

'O, ging dat zo? Die gerespecteerde man heeft zich anders nooit meer laten zien. Geef toe Mamai, het model van huisje-boompje-beestje past niet bij de lokale gewoonten, past niet in onze cultuur. Wie zichzelf respecteert...'

'Wie zichzelf respecteert, stoot alle achterlijke gewoonten af die je met cultuur en al te gronde richten.'

Corine trilde over haar hele lichaam. Uit alle macht probeerde ze de gedachte te verdringen dat zij daar ook altijd zo over dacht. Dat ze er stiekem nog steeds zo over denkt. En dat Harold geen greintje sympathie heeft getoond sinds ze zich voor zijn denkbeelden had opengesteld. Maar nu kan ze niet terug.

'Waarom is het achterlijk?' gilde ze. 'Omdat het iets eigens is? Hebt u dan niet begrepen wat Harold ons duidelijk probeert te maken? Hij heeft nog gelijk gekregen ook want hij zei al dat ik heel sterk in mijn schoenen moest staan als ik...'

'Harold?' Mamai's pantoffelwangen trilden vervaarlijk terwijl zij met maaiende bewegingen naar haar slaapkamer wankelde. Verbaasd zag Corine dat het schuim haar letterlijk op de lippen stond toen ze zich omdraaide en zich met twee handen aan de rand van het dressoir vastklampte. Haar ogen stonden strak gericht op de foto van Harold.

'Stuk ongedierte,' lispelde ze met moeite.

'Mamai, wat is er?'

Het scherm licht fel op als Corine in het donker tegen de computertafel aan stoot. Bij iedere regel kruipen haar wenkbrauwen verder omhoog terwijl ze Wilfrieds bijdrage voor het vriendenboek leest. Weer een plofje. Dezelfde afzender. Onderwerp: Sorry, ik heb me laten gaan. Corine pakt de telefoon.

'Als je toch wakker bent, kan je net zo goed langskomen,' zegt ze. 'Dat praat makkelijker.'

'Ik dacht dat ik mijn sportmaatje kwijt zou zijn na die mail.'

'Heb ik zulke lange tenen?'

'Ik ken ze niet. Meestal zitten ze in gympen.'

'Niet om één uur 's nachts.'

Als Wilfried tien minuten later komt aanrijden, staat Corine buiten op hem te wachten.

'In het hoofdhuis woont mijn broer,' zegt ze. 'Voor mij moeten we via de oprit.' Met een zaklamp beschijnt ze het lange pad dat vlak langs het huis van Edwin loopt en in de dichtbegroeide achtertuin naar een lichtgeel stulpje kronkelt.

'Een tuinhuis,' roept Wilfried en hij buigt zich licht voorover als hij het overdekte terras op loopt. 'Gezellig, die zandkleurige vloer. Met zo'n terras heb je eigenlijk geen woonkamer nodig. Al die planten om je heen! Aan privacy geen gebrek.'

'Aan muggen ook niet,' zegt Corine, 'vandaar die horren voor de ramen. We gaan dus gewoon binnen zitten.'

Voor de vorm vraagt Wilfried hoe het gegaan was met alle drukte rond het overlijden van haar tante. Corine haalt net zo plichtmatig wat flarden op, aarzelt bij Norma's adoptieverhaal, vertelt het toch. Vanaf de L-vormige bank bekijkt Wilfried de smalle kamer waarin verder alleen een kleine ronde eettafel staat met drie stoelen die comfortabel genoeg zijn om bij de zithoek aan te schuiven.

'Zelfgemaakt,' zegt Corine als zijn blik blijft hangen bij de drie composities van kalebas die op een houten achtergrond aan de witte muur hangen. Twee plafondventilatoren van in elkaar gedraaide bamboebladen houden de lucht in beweging.

'Hoe ben je in een tuinhuis verzeild geraakt?'

'Ik zou eerst bij mijn ouders gaan wonen en van daar een eigen huis zoeken. Maar voordat ik mijn studie afrondde kreeg mijn moeder de ene TIA na de andere. Niet ideaal om dan met een klein kind bij haar in te trekken. Edwin bood me aan om dit huisje te huren.'

'Edwin. Is dat die broer die...'

'Ja.'

'Misschien had je je moeder juist goed kunnen helpen.'

'Of juist niet. Mijn zussen lieten doorschemeren dat die beroertes te maken hadden met mijn ongetrouwde zwangerschap.'

'Wordt het niet tijd om die zussen uit je leven te schoppen? Eerst loog die Norma dat jij geadopteerd was en dan proberen ze je...'

'Norma was zelf ook een kind, Wilfried. Denk je dat zij het fijn vond om zich voor mij te schamen?'

'En toen ze jou de schuld gaven dat je moeder ziek werd?'

'Dat zeiden ze niet met zoveel woorden.'

'Hoe dan wel? Of heb je je dat ingebeeld?'

'Nee. Dat denk ik niet. Ik weet het niet meer zeker. Edwin dacht namelijk dat het met zíjn keuzes te maken had.'

'Waarom heb je niet gewoon gevraagd wat ze bedoelen?'

'Bij ons in de familie roer je niet in de koffie als er mogelijk drab in zit. We komen elkaar bijna iedere week tegen. Dan moet je de dingen laten rusten, is de redenering.'

'Totdat ze er als ongeleide projectielen uit schieten.'

'Je begint het te begrijpen. Edwin en ik hebben wel veel steun aan elkaar. Daarom heb ik nooit de behoefte gehad om een ander huis te zoeken.'

Wilfried wil het er graag bij laten zitten. Behalve gympen en een zweetband ontbreekt er vanavond nog iets aan zijn sportmaat. Zou ze wel in de gaten hebben dat ze haar schild heeft laten zakken? Dit was geen goed moment om zijn bijdrage voor het vriendenboek te mailen. Al die kwaadheid die erin zit!

'Hoe komt het dat je me niet naar de bliksem hebt gestuurd na mijn eerste mail?'

'Ik had de indruk dat er meer onbegrip in zat dan opzet.'

'Ho ho. Als ik schrijf dat het eens een keer afgelopen moet zijn met die blabla van Harold over zijn identiteit en dat gezever over de slavernij, dan begrijp ik prima wat ik zeg.'

Corine had nooit geweten dat de fluitkikkers in haar tuin, die als verstekeling in potplanten uit Venezuela komen, de hele nacht door herrie maken. Tot voor kort sliep ze door alles heen. Ze vond altijd wel een weg uit haar labyrint van gevoelens en ergerde zich aan mensen die uitgebreid bij alles stilstaan.

Als kind vond ze het al stom als Mamai met een naald aan haar halsketting zat te morrelen om hem uit de knoop te halen. Zelf schudde ze haar dunne gouden ketting voorzichtig in haar handen totdat de knoedel losser kwam te zitten. Dan ging de rest vanzelf. Ook bij mensen, vond Corine. Verschillen in opvatting moet je niet kapot analyseren. Geef mensen de kans om zelf tot nieuwe inzichten te komen.

Het verbaast haar dat die tactiek niet meer lijkt te werken. Althans niet bij Wilfried. Wil hij misschien niet weten dat minachting de norm was toen zij opgroeide? Meneer Verburg op de middelbare school, wanneer Corine weer een tien scoorde voor scheikunde: 'Ik wist niet dat jullie ook exact konden denken.' Of op kinderfeestjes, wanneer zij iets moois uit de grabbelton had gevist en de moeder van de jarige dat weggriste om het aan een ander kind te geven: 'Hier. Neem jij dit fluitje maar.'

Er is veel verbeterd. Corine wil die schaduwen graag voorgoed achter zich laten, maar niet omdat anderen dat willen. Zeker niet als die anderen dat willen omdat ze alleen hun eigen leed de moeite waard vinden om te memoreren en niet het leed dat zij anderen hebben aangedaan.

'Hé,' zegt Wilfried. 'Wat doen die paaltjes tussen je wenkbrauwen? Kom eens hier.' Hij bedoelt het niet verkeerd, spreekt Corine zichzelf toe terwijl ze aarzelend naar hem toe schuift. Met het hoofd op de armleuning nestelt ze haar schouders in zijn schoot en strekt ze zich languit op de bank. Verlegen kijkt ze naar de gevoelige mond die zo te zien per ongeluk in het vlezige gezicht van de sportieve reus was beland.

‘Zo ken ik je niet,’ zegt hij terwijl hij met zijn duim en wijsvinger figuurtjes over haar schedel wrijft.

‘Ik mezelf ook niet, sinds ik aan dat vriendenboek werk. Niemand laat in zijn verhaal een kiertje open om zelfs maar een straaltje licht van de ander toe te laten. Jij ook niet.’

‘Omdat ik het zat ben om iedere keer besprongen te worden met onzinnige verwijten. Of om als dweil gebruikt te worden zodat mafkezen als Harold er hun klodders frustratie aan kunnen afvegen.’

Geërgerd denkt Wilfried aan de tijd dat hij met de bouw van Harolds huis was belast en hij voor elk akkefietje op diens kantoor werd ontboden. Zonde van de tijd, vond hij, want er liepen zo veel mensen het kantoor in en uit dat hij er nauwelijks tussenkwam. Totdat hij begreep dat dat juist de bedoeling was. Dat Harold het stoer vond om zijn Hollandse aannemer op de gang te laten staan. Of om hem binnen te laten en net op dat moment uitvoerig te gaan telefoneren zodat Wilfried sullig voor zijn bureau bleef staan draaien.

‘Hallo. Mijn schedel hoeft niet kapot.’

Snel ontspant Wilfried de hand waarmee hij Corines hoofd masseert. Wat is ze mooi, stelt hij verbaasd vast. Vreemd dat hem dat niet eerder was opgevallen. Die eeuwige slobberbroeken waar ze in sport! En dan dat haar, dat ze anders als een takkenbos bij elkaar bindt. Vandaag waaieren haar haren vrij om haar hoofd en zijn zelfs de nagels van haar tenen mooi verzorgd. Sterke, slanke voeten, schijnbaar frêle handen; zou je niet denken als je die mooie brede mond in dat krachtige gezicht ziet.

'Is er iets?' vraagt hij als Corine glimlachend voorover schiet.

'Eh... een uitroepteken in mijn rug.'

DEEL 3

Tien

Als ik enkele weken later op weg ben naar Renata, lijkt het alsof de gebeurtenissen van de afgelopen tijd op de passagiersstoel meerijden. Sinds het overlijden van tante Elba verkeren we in het bekende vacuüm waar je ongemerkt wordt ingezogen na een sterfgeval in de familie. Even zetten we alles op de rem terwijl er, afhankelijk van wie er gestorven is, ook opluchting en vrolijkheid heersen. Als bij een nieuw begin.

Toen Mamai nog leefde, kwamen we bijna iedere zondag bij elkaar in Renata's huisje aan de kust. Renata maakte de verplichte aardappelsalade en Norma zorgde voor een toetje. Ik bracht de wijn mee en de jongens zorgden voor het vlees. Altijd te veel, maar vooral Roy belichaamt het cliché *go big or go home*.

Vandaag vormt geen uitzondering. 'Ik rij niet helemaal naar deze klip om pietepeuterig te doen,' verklaart hij de hoeveelheid biefstukken en kippenpoten op de grill. Het rooster zit in een grote terracotta plantenbak die Renata tot barbecue heeft omgebouwd.

'Hoeveel bijdragen heb je nu al?' vraagt Roy terwijl hij het vlees met zijn vuurvaste handen omkeert.

'Zeventien,' zeg ik.

'Dat valt mee. Ik dacht dat het je niet zou lukken om zo veel mensen over Harold aan de praat te krijgen.'

'Iedereen wil wel iets over hem zeggen. Alleen de mensen die hem goed kennen, doen dat liever niet in een boek.'

'Heel begrijpelijk,' zegt Renata. 'Daarom raadde ik je aan om zijn personeel ook om een bijdrage te vragen. Die werken in elk geval mee, al is het maar omdat ze niet anders durven.'

Renata moest eens weten wat ze durven te vertellen als ik mijn laptop dichtklap en veilig in mijn tas opberg. Jaren gaan er voorbij zonder dat ze beoordeeld worden, laat staan dat er iemand, behalve Harold zelf, een millimeter op vooruitgaat. Initiatieven van medewerkers ziet hij als kritiek op zijn beleid. Wie geen initiatief toont, heeft een gebrek aan zelfvertrouwen.

Maar dat was allemaal *off the record*. Wat er in het boek komt, is een reflectie van wat de baas zelf vindt. Harolds denkbeelden klinken luid en duidelijk door in de kopij. Hij zal dat waarschijnlijk prachtig vinden en ik kan me er niet druk om maken.

Er gaat een telefoon in een van de badtassen die we op Renata's achterporch hebben gedumpt. Niemand reageert. Ik zet mijn eigen mobiel uit en zoek de schaduw op onder de enige dadelpalm, die in het verste uithoekje van het erf staat.

Onder in mijn tas zit de verfrommelde enveloppe die onder het kussen van tante Elba had gelegen. 'Hier. Voor Gerda,' zei de hoofdzuster nog voordat de begrafenisondernemer de lijkzak goed en wel had dichtgeritst. Van Harold, stond er op de achterkant. Waarschijnlijk een brief die achterhaald was voordat Gerda hem gekregen had, dacht ik. Dat gebeurde wel vaker toen je elkaar alleen per post kon schrijven. Even vroeg ik me af hoe tante Elba eraan gekomen was. Typisch iets voor haar om die oude troep te bewaren.

Terwijl het lichaam werd weggevoerd, griste de zuster de weinige bezittingen van mijn tante uit het ladekastje en duwde ze mij die in de handen. De urinewalm die uit de bruine papieren zak kwam, was de laatste herinnering aan haar leven.

'Weggooien!' zei Gerda toen ik vroeg wat ik met die

spullen aan moest. De dag na de begrafenis zat ze bij mij thuis onder het genot van een wijntje na te praten. Gerda houdt van mijn helblauwe adirondackstoelen die tussen de bedrieglijk lieflijke twijgen van de stekelige *tuturutu* staan. Als zij rechtstreeks uit kantoor komt, schopt ze altijd haar chique pumps uit om met haar blote tenen tussen de witte kiezelsteentjes te woelen. Háár manier om alles van zich af te zetten en – bijna letterlijk – te aarden.

Peinzend trok ze aan haar onderlip toen ik vertelde wat ik bij tante Elba was gaan doen, de dag dat ze stierf.

'Waarom had je míj niet gevraagd wat er tussen Harold en Maritza was? Hij is toch mijn man?'

'Daarom juist.'

'Het is niet wat je denkt.'

We schoten tegelijk in de lach om de onnozele klank van die uitspraak. Ze schudde nonchalant haar opgestoken haar los en begon bij het begin. Wat ik verwacht had, weet ik niet, maar zeker niet het bizarre verhaal dat er volgde en al helemaal niet dat die oude brief van Harold er iets mee te maken had.

Jaren geleden, vertelde Gerda, ging Harold op een ochtend extra vroeg naar kantoor omdat hij diezelfde dag op dienstreis moest. Gerda sleepte zijn koffer nietsvermoedend uit de garage om alvast wat kleren in te pakken. In de koffer vond ze zestig geopende, lege enveloppen, geadresseerd aan Harold, verzonden door Maritza Gonzalvo.

Gerda wist dat haar man vreemdging. Maar zestig lege enveloppen? Dat was geen vreemdgaan meer, eerder een langdurige verhouding. Hoe kon dat gebeuren? Harold mocht Maritza niet eens. Of misschien juist wel? Hij was altijd humeurig als zij erbij was. Was dat soms een pose? Had hij iets te verbergen? Waarom correspondeerde hij met haar als hij haar niet mocht? En waar heeft hij de inhoud van die zestig enveloppen verstopt?

Bij thuiskomst trof Harold zijn koffer netjes afgestoft aan op zijn bed. Bovenop lag de stapel lege enveloppen met daarnaast een krabbeltje van Gerda. Ze had voorlopig haar intrek genomen bij Renata, schreef ze. Met de hartelijke groeten aan Maritza.

Harold was radeloos. Hij wilde haar spreken, maar Gerda kwam niet aan de telefoon. Binnen twee uur moest hij op het vliegveld zijn.

'Waarom ging je naar Renata,' vroeg ik, 'en niet naar Norma of mijn ouders. Die wonen toch dichterbij?'

'Ik wilde hem geen kans geven om op me in te praten. Bij Renata zat ik goed. Hij kon niet naar Westpunt komen want dan zou hij het vliegtuig missen.'

Vijf dagen later kwam er een brief van Harold. Hoe Renata ook aandrong, Gerda vertikte het om hem open te maken. Ze was er niet klaar voor, zei ze. De volgende ochtend kwam Norma quasitoevallig aanwaaien. Zonder veel plichtplegingen duwde ze Gerda ineens op de bank en ging met de armen over elkaar voor haar staan. 'En nu luister je,' zei ze. Renata kwam er rustig bij zitten en vertelde in grote lijnen hoe het met Maritza zat en waarom Harold erover gezwegen had.

'Niet dat ze er veel over wisten,' zei Gerda. 'Daarom wilden ze dolgraag dat ik Harolds brief zou openmaken. Mooi niet. Harold is mijn man. Ik wilde het uit zijn hart horen. Vooral nu ik uit Renata's verhaal begreep dat ik de boel verkeerd had ingeschat.'

Het was lang geleden dat ik me zo buitengesloten had gevoeld. Naarmate we ouder werden, waren mijn zussen en ik hoe langer hoe meer naar elkaar toe gegroeid. Maar soms blijkt dat ik de achterstand niet helemaal heb ingehaald. Zij wisten ervan. Mijn broers volgens Gerda ook. Alleen ik maakte mezelf belachelijk in de rol van Miss Marple. Als ze me in vertrouwen hadden genomen, had ik tante Elba er niet over gebeld.

'Ze weten niet de helft van wat zich heeft afgespeeld,' probeerde Gerda me op te beuren. 'Lees de oude brief van Harold die de hoofdzuster jou heeft meegegeven. Als het goed is, staat daar alles in wat hij mij verteld heeft. Dan kan je me vragen wat je wilt. Voorlopig ben ik hier niet weg.'

'Goed,' zei ik. 'Even pakken. Hoe kwam tante Elba er trouwens aan?'

Een straal wijn liep uit Gerda's opgetrokken mondhoeken toen ze in één teug het laatste restje uit haar glas dronk.

'Ik was die intriges zo zat!' proestte ze. 'Elba hield toch van geheimen? Nou, dan moest ze die brief zelf bewaren, vond ik. Ik rolde hem zo strak op als een sigaar. Ik zei tegen haar: "Hier. Stop hem maar ergens waar niemand hem kan vinden." En dat was dat.'

'Uhm, in dat geval laat ik hem ongeopend zitten waar hij zit,' besloot ik. 'Vertel.'

Elf

Ik kan niet zeggen dat ik nu anders tegen Harold aankijk dan vóór Gerda's relaas. Hooguit is het goed om te weten dat gevoelens hem niet vreemd zijn. Wat hij meemaakte is hier schering en inslag. Alleen de hoofdrolspelers en de plot verschillen per geval. Zijn ervaring heeft hem niet belet om een doctoraal te halen en goed voor zichzelf te zorgen. Waarom zou die hem beletten om open te staan voor denkbeelden die niet uit zijn gekneusde ziel voortkomen?

Zodra ik de glazen had bijgevuld, stak Gerda van wal. Ik nam me voor om haar ditmaal niet te onderbreken.

Harold zag Maritza voor het eerst toen hij bijna tien was. Eerst zat hij met Roy en Edwin op een jongensschool in Otrobanda. 's Morgens stapte hij als eerste in de auto en kletste honderduit met Papai. Intussen renden Roy en Edwin door het hele huis om een sok, boek of schooltas te zoeken die ze weer eens kwijt waren. Voor Harold was het een kleine moeite om de spullen van zijn neven te verleggen en wat tijd met zijn oom door te brengen.

Harold was razend toen hij hoorde dat hij spoedig naar een andere school zou gaan. In de woonwijk Damacor, waar volgens tante Elba de crème de la crème woonde, werd een kleine, nieuwe school gebouwd.

'*Over my dead body*,' riep hij in zijn beste televisie-Engels. 'Geen een van mijn vrienden gaat naar die stomme school.'

'Je zal zien dat je daar veel leukere vrienden krijgt.'

'Ik wil helemaal geen andere vrienden.'

'Én vriendinnen, want er zitten ook meisjes op je nieuwe school.'

'Wát?'

'Met twee woorden spreken. Denk aan je manieren, jongen! De kinderen op je nieuwe school hebben...'

'Het ís niet mijn nieuwe school. Al mijn vrienden lachen me uit als ze weten dat er ook meisjes in de klas zitten.'

'Laat ze maar lachen. Straks zijn ze allemaal jaloers. En je neven en nichten ook. Voorál die.'

Harold gaf niet op. 'Waarom hoeven Roy en Edwin niet naar die nieuwe school? Waarom alleen ik?' En toen, geschrokken: 'Gaat Corine ook?'

Zijn moeder wuifde hoofdschuddend zijn vragen

weg. Alleen kinderen uit de betere buurten krijgen daar een plaats. Dankzij de medewerking van een zekere meneer Gonzalvo kon Harold er op speciaal verzoek van tante Elba ook terecht. 'Hij heeft veel invloed, die meneer Gonzalvo. Zijn eigen dochtertje gaat ook naar de nieuwe school.'

Het was de eerste keer dat Harold van meneer Gonzalvo had gehoord. Zijn moeder kende hem van de levensmiddelenbranche waarin zij twee jaar had gewerkt. Op jonge leeftijd had meneer Gonzalvo al een leidinggevende baan bij de grootste importeur in de branche. Maar Harold had daar allemaal geen boodschap aan. Toen bleek dat hij in de groep zou komen te zitten van het dochtertje van Gonzalvo, nam hij zich voor om haar flink te pesten.

Maritza leek echter in niets op zijn eigen stomme nichten en hun akelige vriendinnen. Haar stem paste bij haar dunne lijfje waarachter een lange paardenstaart wipte. Met haar kleine handen kon ze zo mooi tekenen dat de kinderen bewonderend om haar tafel kwamen staan.

Harold zocht schelpen op het strand om er kettingen van te rijgen en gaf ze in zijn verbeelding aan Maritza. Lichtroze schelpen waren er genoeg, maar die leken te veel op de kleur van haar huid. Voor het contrast nam hij ook donkergrijze slakkenhuisjes mee. Die hadden van binnen een lichtblauwe gloed die mooi bij de kleur van haar ogen paste. In de klas stonden de tafels in strakke rijen opgesteld. In het tweede trimester ging Harold vlak achter Maritza zitten en telde iedere dag stiekem de haartjes in haar nek.

'Ik geloof dat je verliefd op haar bent,' zei Edwin argeloos toen Harold weer eens aan hem vroeg om een sluiting te maken voor een nieuwe ketting. Harold knikte trots. Als Edwin het zei, klonk het mooi. Niet zoals de verhalen die zijn vriendjes wisten te vertellen. Die vond hij spannend, maar Maritza was speciaal.

Vanaf haar vaste plek op de veranda volgde tante Elba het gesprek van de jongens. Haar zijden waaier met bloemenmotief wapperde met de minuut sneller, merkte Harold. Zijn moeder had vurig gehoopt dat Harold in Maritza's kringetje werd opgenomen. Daar hoorde hij thuis. Ze wist dat daar een risico aan zat. Veronderstel dat ze samen... Maar hoe groot was die kans nou helemaal? Ze waren nog zo jong en er zaten zo veel leuke meisjes op die school.

Na een paar weken kon ze er echter niet omheen. Het was Maritza voor en Maritza na. Dat was voor het eerst dat tante Elba de deur van de slaapkamer op slot draaide en haar zoon onder vier ogen over zijn vader vertelde.

Tante Elba liep tegen de dertig toen ze bij Ramon Gonzalvo in dienst trad. Sinds ze de 28 was gepasseerd, doemde voor het eerst het fletse beeld op van een troosteloos bestaan als oude vrijster. Op bruiloften, doopfeesten en verjaardagen kwamen de quasiondeugende vragen over haar liefdesleven hard aan. Om van de nood een deugd te maken, solliciteerde ze op kantoren waar ze zich via de broek van de baas omhoog kon werken. *Retreat for a better position*, dacht ze bij zichzelf als familie en vrienden vroegen hoe zo'n mooie vrouw als zij tussen de koekjes en blikgroenten terechtgekomen was.

Een paar keer per week kreeg Elba tegen sluitingstijd een bericht van haar baas via een nietsvermoedende collega: 'De augurken kloppen niet met de bestelling. Kan je dat even checken?' Dan wist ze waar hij in het magazijn op haar zou wachten.

Maar toen ze Ramon Gonzalvo enkele maanden later vertelde dat ze zwanger was, zei hij dat hij verloofd was met de dochter van de eigenaar. Razend mepte tante Elba zijn woorden terug in zijn mond toen hij haar bedankte voor haar vrijgevigheid gedurende de maanden dat zij haar lichaam met hem gedeeld had. Zwijgend haalde Ramon Gonzalvo een beduimelde map uit zijn bureaula. Terwijl de striemen zich op zijn gezicht aftekenden, las hij een passage voor uit haar arbeidsreglement op grond waarvan hij haar op staande voet ontsloeg.

Ondanks tante Elba's poging om het verhaal enigszins verteerbaar te maken, gooide Harold zich vol walging op zijn bed. Met stijf dichtgeknepen ogen en afgewend gezicht sloeg hij wild om zich heen en haalde met een been uit naar zijn moeder. '*Che! Che!* Gadverdamme! Gadverdamme! Ga weg! Nee, ga weg. Ik meen het. Ga weg!'

Tante Elba liet hem begaan en wachtte gespannen tot het kwartje viel. Even later kwam Harold met trillende onderkin overeind.

'Bedoelt u dat meneer Gonzalvo...'

Tante Elba knikte.

'Maar als hij mijn eh... dan is Maritza...'

'Juist. En daarom zitten we hier. Want je mag een zus niet leuk vinden op de manier waarop jij Maritza leuk vindt.'

Tante Elba had verwacht dat haar zoon langer tekeer zou gaan. Dat hij haar de schuld zou geven van zijn eerste misser op het glibberige pad van de puberliefde. Maar zijn ogen begonnen te glinsteren terwijl zijn blik gelukzalig langs haar heen door de kamer gleed en boven de verschoten gordijnen bleef rusten.

Stukje bij beetje drong het tot hem door dat hij toch een vader had. Een meneer die hij onderweg naar school wel eens gezien had als hij met zijn dochter op de achterbank het erf van zijn witte villa uit reed. Hoe zou dat huis er van binnen uitzien?

Hij hoopte dat Maritza nooit te weten zou komen hoe petieterig de kamer was die hij met zijn moeder deelde. Het was alsof die er vandaag armzaliger uitzag dan ooit, met twee roze en twee blauwe muren, alsof die schijnverdeling kon voorkomen dat hij inmiddels haar intiemste luchtjes kende. Maar dat zou eindelijk allemaal voorbij zijn.

'Wat zullen mijn vrienden opkijken als ze mij in de Oldsmobile van meneer Gonzalvo zien,' gniffelde hij.

'Wat heb jij in hemelsnaam in die auto te zoeken?'

'Nou, gewoon, naar school gaan.'

'Zet dat onmiddellijk uit je hoofd. Nu meteen. Begrepen?'

'Maar waarom dan?'

'Omdat dit niemand iets aangaat.'

'Huh?' Maar u zei net dat meneer Gonzalvo het al weet.'

'Dat is ook zo.'

'En ik nu ook, dus. Klaar. Niemand lacht me meer uit. Ze kunnen niet meer zeggen dat ik nooit een vader heb gehad.'

Wat zijn moeder toen zei, hoorde Harold niet precies meer. Wel dat hij de reddingsboot die zo dichtbij leek, door haar schuld weer weg zag varen.

Er was sprake van een belofte die zij gedaan had om de eer en goede naam van Ramon Gonzalvo te beschermen. Diens toekomstige schoonpapa zou niet toestaan dat zijn dochter werd vernederd. En Ramon Gonzalvo liet zijn carrière niet door een bastaard op het spel zetten. Tante Elba blies de aftocht, wetend dat hij haar laatste restje waardigheid kon verbrijzelen.

Harold huilde ongegeneerd. Zijn haren plakten aan zijn bezwete voorhoofd, dikke tranen mengden zich met het snot dat hij woedend met zijn hand wegveegde.

'Wacht maar. Als Maritza het hem vraagt, vindt meneer Gonzalvo het vast goed dat wij het op school vertellen.'

'Maar Maritza vraagt niets, want Maritza weet niets en mag ook niets te weten komen.'

'Waarom niet?' schreeuwde hij. 'Ik weet het nu toch ook?'

'Genoeg stampij! Iedereen hoort alles in dit huis.

Maritza is een gevoelig meisje. Het zal haar veel pijn doen als haar moeder hier verdriet van heeft. Mevrouw Gonzalvo zit in allerlei verenigingen en zij mag niet voor schut worden gezet door een fout in het verleden van haar man.'

'En ik dan?'

'Jij boft, jongen. Je vader wil geen moeilijkheden. Dat is heel naar voor ons, echt heel naar. Maar dat is juist mijn troefkaart. Want hij heeft er veel voor over om zijn vrouw en kind te sparen. Zo heb ik jou op de beste school gekregen. Als jij je best doet, zorg ik ervoor dat hij na je middelbare school ook je studie betaalt. Maar we dansen op het slappe koord, jongen. Als we niet voorzichtig zijn, is alles zo voorbij. Voor ons allebei.'

Weer gooide Harold zich languit op zijn bed. Toen hij enkele uren later wakker werd, leek het hem alsof er jaren verstreken waren.

Tot grote opluchting van tante Elba kwam Harold in de weken erna niet meer op de kwestie terug. Goedkeurend constateerde zij dat haar zoon zijn collectie schelpen had weggegooid en dat hij het thuis niet meer over Maritza had.

Totdat het schoolhoofd belde om te zeggen dat Harold al weken niets had uitgevoerd. Ook meneer

Gonzalvo werd gewaarschuwd dat zijn protegé onhandelbaar geworden was. Die liet er geen gras over groeien en riep moeder en zoon bij zich.

In het kantoor, in een hoek van het magazijn waar hij waarschijnlijk was verwekt, ontmoette Harold zijn vader voor het eerst. Alles was al geregeld. Gelaten luisterde hij naar de vreemde man die tegen hem zei dat hij voortaan elke zaterdag in het magazijn moest komen werken. Dan zou hij een extra zakcentje verdienen en konden ze zijn schoolresultaten bespreken. Als jongste werknemer mocht hij zijn kerstcadeautje bovendien ieder jaar bij de familie Gonzalvo in ontvangst komen nemen. 'Ons geheimpje,' knipoogde zijn vader terwijl hij zijn hand uitstak ten teken dat het gesprek was afgelopen.

Ik vroeg me af of Gerda wel veilig naar huis kon rijden. Hoeveel had ze al op? Naarmate het verhaal vorderde, zakte ze steeds verder onderuit in haar stoel. Jammer. Ik wilde graag weten wat er dan wel in de enveloppen had gezeten die zij in Harolds koffer had gevonden.

'Ah, de enveloppen, natuurlijk, natuurlijk,' probeerde Gerda zich bij mijn vraag te herpakken. 'Daar zaten cheques in. Bankcheques van Maritza.'

Toen Maritza in Nederland ging studeren, opende

haar vader daar een bankrekening voor haar. Sindsdien moest zíj voor Harolds studiegeld zorgen en zijn vorderingen in de gaten houden. Digitaal bestond toen niet. Maritza stuurde iedere maand een cheque in een gesloten enveloppe en vroeg Harold zo nu en dan hoe het met zijn studie ging.

'Meen je dat?' vroeg ik. 'Was dat niet erg omslachtig?'

'Misschien wilde meneer Gonzalvo daarmee zeggen dat Harold zich geen illusies hoefde te maken. Hij deed zijn plicht, maar Maritza was zijn enige wettige kind.'

'Toch vreemd dat Harold de eer niet aan zichzelf heeft gehouden.'

'Dat dacht ik ook. Mijn lieve man vond van niet. Hij vond dat zijn vader materieel moest dokken voor de immateriële schade die hij had aangericht. Hij genoot er ook van dat Maritza de situatie hoogst gênant vond. Wat hun vader had bedoeld als een vernedering voor hem, werd zo ook een vernedering voor haar.'

'Weet Maritza dat ze broer en zus zijn?'

'Jawel,' geeuwde Gerda. 'Al lang. Harold overviel haar ermee toen ze op de middelbare school zaten. Na een dag aan de baai nam hij haar mee naar een afgelegen, leegstaand huis. Zij dacht dat hij stiekem verliefd op haar was en alleen met haar wilde zijn. Het pakte anders voor haar uit. Harold verdiende daar geen schoonheidsprijs mee.'

'Ach, hij was zelf ook maar een kind,' floep ik er tot mijn ergernis uit.

Twaalf

Ik schrik van het geluid van scheurend canvas als Roy zich naast mij in een versleten stoel laat vallen. 'Hier,' zegt hij. Het vlees sist nog na van de hitte als hij een vol bord in mijn handen duwt. Er valt een gevlochten broodje van af. Een verrassing voor de hagedissen.

'Wat zit je te piekeren?'

'Ik heb lang met Gerda gepraat, Roy. Ik vraag me af of er nog meer geheimen in de familie zijn waar ik niets van afweet.'

Roy draait zich met wijd opengesperde ogen naar mij toe. Zijn reactie irriteert me. Wie moet er nog gespaard worden nu tante Elba met haar oudbakken remmingen onder de grond ligt?

'Had Gerda te veel op?' vraagt hij. 'Waarom heeft ze je dat in godsnaam verteld?'

'Omdat ik ook bij de familie hoor.'

'De familie weet niets van onze relatie af. Het is lang geleden. Wat voorbij is, is voorbij.'

'Welke relatie? Wie is "ons"?'

'Waar heb jij het dan over?'

'Niet van mijn vraag afdwalen, Roy. Hebben jij en Gerda...'

'Hadden. We hádden. Praat zachter, verdomme! Niemand weet hiervan. Ik heb beloofd om mijn mond te houden. Gerda is bang dat Harold uit gekrenkte trots afhaakt als het verder uitlekt.'

Ik herken mijn broer niet als hij met grote omzichtigheid over zijn jarenlange relatie met Gerda vertelt. Het begon niet als een verhouding, verzekert hij. Zo had Gerda het nooit bedoeld. Voor haar was het een manier om haar man betaald te zetten. Daar was ze duidelijk over.

Gerda accepteerde met moeite dat Harold zich als een macho onder de machomannen ging gedragen sinds hij zich opwierp als verdediger van de eigen gewoonten en cultuur. Ze slikte ook zijn bewering dat zijn antiwitte retoriek niets met haar van doen had. Er knapte pas iets in haar toen hij zelfs haar vriendinnen begon te versieren.

Ze meldde zich aan bij de duikschool van Roy waar ze, eerst in groepsverband, de kunst van het duiken leerde. Zodra zij die onder de knie had, maakten ze er een gewoonte van om met zijn tweeën ongezien de grotten en miniatuurstrandjes langs de kust te bezoeken die alleen via het water te bereiken zijn.

'Zoals we daar lagen,' fluistert Roy, 'mijn god, daar kon toch niets mis mee zijn? Alleen op de wereld, in dat natte zand. Zelfs de krabben schoten weg om ruimte voor ons te maken. Geloof me, die hadden we nodig.'

'Geen details, alsjeblieft.'

'Gerda is een moordwijf,' zegt hij. 'Hij verdient haar niet.'

'En nu?'

'Nu ben ik een oude zak die zijn draai niet kan vinden omdat hij zich blindstaart op wat zijn neefje heeft. Wat dat betreft is er niets veranderd.'

'Dat vroeg ik niet.'

'Tussen mij en Gerda is er niets meer. Die twee hadden na veel geruzie besloten om hun zonden tegen elkaar weg te strepen. Zogenaamd omdat de kinderen nog jong waren. Maar ze hield echt van hem. Ongelooflijk. Daarom schrok ze toen ze op een dag allemaal lege enveloppen van Maritza Gonzalvo in zijn koffer vond. Helaas bleek dat loos alarm te zijn.'

'Ze zijn gelukkig samen, Roy. Hij houdt evengoed van haar.'

'Niet van haar. Of anders alleen omdat het zijn dubbele moraal legitimeert. Want ja, als goede echtgenoot moet hij ook rekening houden met de leefstijl van zijn vrouw. Dus geniet meneer van het mondaine leven terwijl het volk van hem wel om de eigen trommel moet blijven dansen.'

Als we ons eten op hebben en Roy aanstalten maakt om op te staan, herinnert hij zich plotseling dat ik over iets anders begonnen was.

'Over welke geheimen had jij het daarnet eigenlijk?'

'Harold en Maritza.'

'O, dat. Maar dat wisten we al.'

Opgelucht dat hij het gesprek een andere wending kan geven, vertelt hij hoe Harold op een avond, 'toen jij al sliep', plotseling zei wie zijn vader was. Hikkend van de lach keek Harold naar de verbijsterde gezichten van zijn neven en nichten en liet hij zich door tante Elba bij zijn oren naar hun slaapkamer sleuren. Ik zie dat Roy zijn best doet om er openhartig over te zijn. Toch komt hij niet verder dan dat. Gerda had gelijk. Meer weten ze niet. Het is duidelijk dat tante Elba en onze ouders het verhaal in de doofpot hebben gestopt.

Mij maakt dat niets uit. Daar gaat het immers niet meer om. Zelfs dat andere, het gevoel er nog steeds net niet bij te horen, wil ik het liefst laten voor wat het is. Heb ik me niet prima door het leven geslagen zonder elke steen om te draaien? Toch vraag ik me nu af of ik die ene centrale steen niet een keer moet omkeren.

'Wat ik eigenlijk net wilde vragen, was waarom jullie mij daar niets over verteld hebben. En of er meer familiekwesties zijn waar ik buiten word gehouden.'

Traag lurkt mijn broer aan zijn bier om tijd te winnen.

'We hielden je niet bewust buiten, Corine. We waren als kind gewoon verkeerd geprogrammeerd. Nu weet ik hoe fout dat was, maar toen wisten we niet beter. Misschien namen we het jou zelfs kwalijk dat je met je uiterlijk de illusie van een perfect gezin verbrak. We konden de schijn niet overtuigend ophouden, hè? Je weet wat ik bedoel.'

'Je wilt het niet benoemen.'

'Sommige dingen kan je het beste laten rusten. Op dat punt ben ik het met Renata en de anderen eens.'

'Ik moet er dus overheen stappen?'

'Helpt het als ik zeg hoe ik me daar nu voor schaam?'

Ik rek me nog even uit. Het is tijd voor een toetje. Norma bestrooit de ananas en banaan met rum, kaneel en bruine suiker voordat Edwin de stukjes aan de spies rijgt. Ik ben blij dat ik het vriendenboek gauw af kan ronden. Het wordt tijd om Harold uit mijn gedachten te zetten en mét hem de vele gevoeligheden die onder de oppervlakte in elkaar grijpen.

'Wat zoek je?' roep ik naar Renata, die verderop tussen de struiken tuurt.

'Takjes. Blaadjes. Iets om het vuur weer mee op te porren.'

'Wacht,' zeg ik. 'Ik heb wel wat.'

Voordat ik me bedenk, graai ik de vergeelde brief van Harold uit mijn badtas. Op het moment dat de anderen met de spiesjes om de grill staan, keer ik hem traag in mijn handen om totdat de herkenning in hun blik gekerfd staat.

'Wacht,' schreeuwt Renata als ik de brief op de gloeiende kooltjes leg.

'Maak je niet druk joh,' zeg ik. 'Sommige dingen kan je het beste laten rusten.'

Bernadette Heiligers
Pierre Lauffer.
Het bewogen leven van een bevlogen dichter
978-90-6265-814-5 2012

«De biograaf heeft behalve de opgave om van de feiten een samenhangend verhaal te maken, ook de taak zó te schrijven dat de biografie op zich eveneens literaire kwaliteit verwerft. Is Bernadette Heiligers met haar biografie in dit spanningsveld geslaagd? Oordeel zelf door het boek te kopen en te lezen...het is de moeite meer dan waard.» – Wim Rutgers in *Antilliaans Dagblad*

«Heiligers tekent de menselijke spanningen die de veelgeprezen auteur teisterden. Zij doet dit op bewonderenswaardige wijze, meeslepend, afgewogen. Zij trekt de lezer door het leven en door het werk van Lauffer met een verleidelijke vaart en weet toch de vele informatie knap te spreiden. (...) Heiligers zet met de biografie een standaard neer. Een welkome hóge standaard. Hiermee zullen de letteren van de eilanden – biografen en lezers – hun voordeel kunnen én moeten doen.» – Aart G. Broek in *Ñapa* (*Amigoe*)

«De onlangs verschenen biografie van Bernadette Heiligers zal voor velen een eerste kennismaking zijn met leven en poëzie van deze Curaçaose dichter. (..) De muzikaliteit van zijn taal weet hij in zijn gedichten ten volle uit te buiten. Zijn gedichten en liedjes met het weerbarstige landschap van Curaçao op de achtergrond zijn ritmisch en helder.» – Janita Monna in *Trouw*

«In het onderzoeks- en schrijfproces heeft Heiligers zware momenten meegemaakt. (...) Dat begon al aan het begin, toen iedereen die zij sprak Lauffer memoreerde als een *djòli gai.* Op grond van het werk van Lauffer kon dat voor Heiligers niet alles zijn, er moest een andere kant zitten aan wellicht de grootste dichter die het Papiaments ooit heeft gekend.» – Margo Groenewoud in *Antilliaans Dagblad*

«Vlot leesbare biografie van de Curaçaose schrijver Pierre Lauffer (1920-1981), een van de schrijvers uit de Gouden Eeuw van Curaçao. Lauffer is de motor achter de ontwikkeling van de Antilliaanse letterkunde in het Papiaments geweest en een van de belangrijkste Papiamentstalige auteurs.(..) Deze biografie werpt ook een licht op het literaire werk van deze literaire reus.» – Walter Palm voor *NBD Biblion*

«Bernadette Heiligers schreef de biografie die hij verdiende: een die bewondert en toch niets verzwijgt. Het maakt de biografie onmisbaar voor iedere liefhebber van Caribische literatuur.» – Ezra de Haan op *Literatuurplein*

«Veel essayisten en literatuurkenners hebben zich in het verleden beziggehouden met Lauffers werk, maar Bernadette Heiligers besteedt in haar studie (302 pgs.) vooral aandacht aan zijn leven. Het leven van de man, die door Cola Debrot als 'dichter bij de gratie Gods' werd getypeerd, wordt hier onderworpen aan een diepgaand onderzoek en gereconstrueerd aan de hand van getuigenissen van veel informanten.» – Henry Habibe in *Antilliaans Dagblad*

Janny de Heer
Yu di tera / Landskinderen. Historische verhalen
978-90-6265-883-1 Tweede editie 2015

«Een prachtige historische 'roman' over het leven op Curaçao door de eeuwen heen. In het eerste verhaal ontmoeten we Rosa, een slavin die opgroeit met het zoontje van de landeigenaar, met hem speelt maar nooit zijn gelijke is. Het tweede verhaal speelt zich af in de zeventiende eeuw en vertelt de geschiedenis van een Nederlandse planterszoon, die niets begrijpt van de liefde van zijn vader voor een mulattin. Het laatste verhaal gaat over Sonja die rouwt om haar gestorven zoon.» – *De Volkskrant*

«Met haar verhalen probeert Janny de Heer de essentie van de sfeer te treffen en daarin is ze geslaagd.» – *NBD Biblion*

«Rosa en Maarten lijden, elk op hun eigen manier, onder de slavernij. Sonja's probleem is dat van de jeugdzwangerschappen , een probleem dat nog altijd actueel is. (...) Janny de Heer is erin geslaagd haar personages tot echte mensen te verheffen.» – Jacqueline Storm in *Antilliaans Dagblad*

«Bii elke zin die ze opschreef moest ze zich afvragen of het geschiedkundig wel klopte. (...)De hoofdfiguren zijn geen bijzondere helden, maar ze hebben alle drie een krachtige persoonlijkheid naast zich staan. Janny de Heer is met haar 'landskinderen van Curaçao' toegetreden tot het schrijversgilde.» – Jeannette van Ditzhuijzen in *Ñapa* (*Amigoe*)